GAEA

Gaea

ISLAND 噩盡島 11

莫仁——著

噩盡島 11

目錄

眞的打不壞……7
三皇五帝……33
花式飛行表演……55
分身術、隱身術……83
採花邪神……111
我又不是妳兒子……135
區區一個人類……163
狼人與魔法師……187
這人像殭屍嗎？……213
我當然不是天才……239

ISLAND 噩盡島

登場人物介紹

■ 乍看有些白淨文弱的少年。個性冷漠，不喜與人接觸，討厭麻煩，遇事時容易失控。
■ 巧遇鳳凰換靈，身負渾沌原息，持有影妖凱布利。
■ 裝備：金犀匕、血飲袍、牛精旗

沈洛年

■ 具有喜慾之氣的白色巨狐，個性精靈調皮。三千年前因故留在人間。
■ 不慎與沈洛年訂下「平等」誓約；目前正處於閉關狀態中。

懷真

■ 個性負責認真，稍有潔癖，有時容易自責。
■ 隸屬白宗，現任白宗宗長。發散型，專修爆訣。目前正學習道術五靈中的炎靈。
■ 裝備：杖型匕首、戒指

葉瑋珊

■ 體育健將。個性樂觀開朗善良，頗受歡迎的短髮陽光少年。
■ 隸屬白宗，內聚型，專修柔訣。對於武學頗有研究，是白宗的武學指導。
■ 武器／狀態：黑色長棍／並無引仙

賴一心

■ 個性粗疏率真，笑罵間單純直接，平常活潑好動、食量奇大。
■ 隸屬白宗，內聚型，專修爆訣。
■ 武器／狀態：古銅色彎刀／煉鱗引仙

瑪蓮

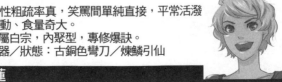

■ 個性冷靜寡言，表情不多，愛穿寬鬆運動外套、黑色緊身牛仔褲與短靴。
■ 隸屬白宗，發散型，專修柔訣。目前正學習道術五靈中的凍靈。
■ 裝備：銀色細窄小匕首、黃絨墜項鍊

奇雅

■ 有一副娃娃臉，平時臉上表情不多。跳級就讀高中，被沈洛年引入白宗。
■ 隸屬白宗，內聚型，專修爆訣。
■ 武器／狀態：雙手長刀／獵行引仙

吳配睿

■ 體格輕瘦，喜歡選輕鬆的事情來做，頗有點小聰明。外號：蚊子。
■ 隸屬白宗，內聚型，專修輕訣。
■ 武器／狀態：銀鍊軟劍／千羽引仙

張志文

■ 稍矮胖，給人穩重感。在不熟悉的人面前不多話，善於分析情況，常給瑋珊許多建議。外號：無敵大。
■ 隸屬白宗，內聚型，專修凝訣。
■ 武器／狀態：短雙棍、小弓箭／煉鱗引仙

黃宗儒

■ 個性憨直開朗，講義氣，很好相處，常和張志文一搭一唱。外號：阿猴。
■ 隸屬白宗，內聚型，專修輕訣。
■ 武器／狀態：細長窄劍／揚馳引仙

侯添良

■ 美艷，身材修長豐滿，最初隸屬白宗，後因故加入總門。善於察言觀色，巧於心計。
■ 隸屬總門的道武門人，發散型，爆輕雙修。
■ 武器：匕首

劉巧雯

■ 個性溫柔和善，但決斷力稍弱，心腸與耳根子皆軟。是葉瑋珊的舅媽。
■ 隸屬白宗，為白宗前任宗長，發散型，專修爆訣。
■ 武器：匕首

白玄藍

■ 白玄藍丈夫，聲音低沉。對古文頗有研究，十分疼愛白玄藍。
■ 隸屬白宗，內聚型，輕柔雙修。
■ 武器：五節劍

黃齊

■ 麟犼幼獸，原形為龍首、馬身，全身赤紅，腦後一大片金色鬃毛。
■ 對奇怪的事物充滿好奇心，人形為夏威夷混血少女。

餤丹

■ 窮奇幼獸，原形為白色紫紋、脅生雙翅的虎狀妖獸。和羽霽是從小玩耍吵鬧的玩伴。
■ 討厭一般人類，但特別喜歡聞不可理喻之人的氣味。人形為金髮碧眼女娃。

山芷

■ 畢方幼獸，原形宛如巨鶴，全身披帶著紅色紋路的藍色羽翼，只有單足。
■ 因為玩伴被洛年搶走，因此對沈洛年特別有敵意。人形為黑髮黃種女娃。

羽霽

前情提要

沈洛年前往救助因仙狐族而受困地底的白宗脫困後，終於一同協力擊敗讓庫克鎮居民面臨絕境的梭狪……
人間道息再度大湧，祝融為排斥息壤移動陸塊，世界版圖重組，沈洛年與白宗帶領十餘萬殘存人類遷徙噩盡島，卻遇上凶妖攔路……

ISLAND
眞的打不壞

眼看那雙生山魈越來越近，黃宗儒估計著時間，在對方衝入百公尺內的時候，他快速地弓掛腰間，兩手反抽出短棍，重新引聚炁息。

這時葉瑋珊、奇雅兩人的炎彈、冰柱也跟著先後施放，但山魈巨爪急抓、轟然爆響聲中，只見他抓爆了炎彈、避開了冰柱，除了其中一個腦袋多怪叫了一聲外，竟似乎夷然無損。

隨著兩片紫色盾牌般的炁牆泛出成形，對方也已經到了二十公尺內，當下黃宗儒往前急躍，那帶著紫色炁牆的雙棍同時對山魈揮去，而除葉瑋珊與奇雅之外，其他幾人立即往四面繞開，準備趁隙攻擊。

這時黃宗儒已經和對方砰砰轟轟地打了起來，兩個月前和梭狪作戰後，眼看遇到的妖怪越來越強，眾人再度調整了攻擊方式。黃宗儒手上拿的畢竟不只是盾牌，面對單一敵人的時候，主動攻擊未必不如咬牙挨揍，只要不選擇走位巧打的方式，一樣可以穩穩護住身後的大片範圍，他在短棍上凝聚了大團紫色炁息，讓棍子粗了一大圈，就像身前擋了兩支可以自由移動的紫色巨槌，對方完全殺不進來。

兩方交手了幾招，黃宗儒倒是有點意外，雖然感覺得到對方的強大，但攻擊力道似乎稍遜於梭狪，動作也僵硬了些；黃宗儒除抵禦之外，偶爾還有機會把巨槌往外推，穿插一點攻勢。

不過對方雖然動作僵硬，但卻移動如風，黃宗儒那稍嫌慢吞吞的紫色巨槌，可不容易打上對方，還好他打不到自有別人打，眾人散而後聚，動作最快的侯添良一劍直刺，對山魈的背心刺去。

這山魈既然有兩個腦袋，就幾乎沒有看不到的空門，他一面扭身一面往後揮爪，那巨掌前端長約三吋的黑色利爪，泛出墨黑色的銳利光影，正對著侯添良的窄劍抓。

看那泛著妖炁的黑爪，就算砍上了大概也傷不了，侯添良不敢冒險，一個轉折，倏然又退了出去。

此時張志文從空中高速飛掠劃過，右手的銀鍊劍筆直如刺，對著山魈其中一個腦門攻擊，山魈這時左手正往後撈，右手往上急抓，同時一個飛踢，把雙棍交錯的黃宗儒踢得退開兩公尺。

但就在這一瞬間，張志文的銀鍊劍突然一扭，倏然彎成一個弧形，不但閃過了山魈的巨爪，還迅速地切過他手臂外側，兩方炁息一陣磨耗，也不知切得多深。

跟著吳配睿、瑪蓮也衝了進去，兩女的兩把刀速度都快，一左一右對著山魈右脅與左後腰攻擊，山魈兩手這時都在外門，他怪叫一聲，也不防守，兩爪一轉，對著兩人腦袋抓去。

若用爆閃心訣撤退，該可在對方抓到自己前閃開……兩女同時做了這個判斷，那蘊含著爆訣力道的刀子同時劈上山魈，跟著兩人同時激起一個氣爆，往後急閃，避開對方的雙爪。

就在這一剎那，賴一心從黃宗儒身後無聲無息地扭身穿出，帶著綠焰的黑矛，如電閃般地當胸平刺，砰地一聲正面刺入山魈左胸。這一矛的速度快得讓人難以置信，連山魈都沒來得及做出反應。

閃在一旁觀戰的沈洛年，看到這一擊不禁暗暗咋舌，天才已經很討厭了，努力的天才只能用恐怖形容。賴一心練了快一年的這單純直刺，就算是白宗中號稱最快的侯添良，出劍也沒法達到這種速度，如果自己和他爲敵，除非一開始就不斷移位，否則若等他出手才啓動時間能力，未必來得及閃避。

眾人既然都圍上去搶攻，加上對方並非龐然巨物，遠距離攻擊的奇雅和葉瑋珊反而不便出手，兩人和沈洛年相同，都稍退了一些觀察戰況，眼見一個交錯下，好幾把武器都砍上了對方，葉瑋珊自是心頭一鬆，露出微笑，看來這傢伙妖炁雖強，卻並不很善於運用。

但仔細一看，葉瑋珊笑容又收了起來……剛剛那一串急攻，無論張志文的軟劍拖曳，瑪蓮、吳配睿的爆訣刀轟，甚至賴一心的胸刺，竟都沒留下傷痕。

不過山魈倒眞的被惹火了，怪叫聲中，對著唯一沒後撤的黃宗儒，又打了過去。

這是怎麼回事？眾人愣了愣，再度往前進攻，又一次倏上倏下，這次張志文、瑪蓮的攻勢被擋開，但侯添良在對方背後戳了一劍，吳配睿則在對方左腿砍了一刀，賴一心對著山魈左邊腦袋右邊眼睛刺去的一矛，對方急閃之下，只擦過了額頭，氣得山魈哇哇大叫，對著賴一心直衝。不過賴一心這時腳步一轉，也不算如何快速，卻很自然地踏到了黃宗儒身後，讓黃宗儒應付對方的強攻。

對方追擊能力不強自然是好事，問題是這次的攻擊依然沒有任何效果，張志文首先在空中怪叫：「這傢伙是什麼皮啊？」

「砍不壞他。」吳配睿也跟著叫。

瑪蓮卻沒吭聲，又欺過去砍了一刀，這次對方那巨爪抓來，瑪蓮也不變招，對著那爪硬幹。轟地一下，瑪蓮往後飛退三公尺，對方那爪依然沒事，不過瑪蓮也是穩穩落在地面，似乎沒什麼大礙。

「阿姊別硬上。」侯添良見對方轉頭要撲向瑪蓮，衝過去虛刺一劍，誘開了山魈的注意力，又快速閃開，同時賴一心、張志文也跟著出手，逼著山魈轉身。緊跟著黃宗儒那兩條巨槌剛好轟轟地敲上山魈背心，把山魈打得踉蹌半步，氣得山魈回頭找他算帳。

「真的打不壞。」連續三招都打不傷對方，連一向樂觀的賴一心都有點意外。

「我們試試。」葉瑋珊喊罷，和奇雅並肩往前飄，匕首同揮，炎彈與冰柱同時在虛空中凝結出現，對山魈衝了過去。

但山魈身軀動作雖有點僵硬，移位卻十分快速，一閃間已避開了兩人的攻擊，那炎彈直衝到後方沙堆，炸起一片焦黑的沙雨熱浪，冰柱打到的地面則變成整面的結霜凍土，泛出一縷縷白芒寒氣。

眼看對方速度比炎彈、冰柱飛得還快，想打中似乎不大容易，葉瑋珊和奇雅對視一眼，奇雅說：「範圍攻擊？」

「應付單一強敵不適合。」葉瑋珊搖搖頭，目光一轉說：「舅媽那招吧。」

奇雅隨即點頭說：「大中小？」

「先試中。」葉瑋珊手一舉，一顆車輪大的炎彈再度凝結，她一面放聲喊說：「宗儒小心！」

奇雅跟著放出一大片碧綠色的柔勁，彷彿軟墊般地包裹著炎彈的後半部，此時葉瑋珊激起爆閃之法，對著炎彈一推，空氣中一聲爆響，那片綠色柔勁爆散的同時，炎彈彷彿閃電一般高速飛竄，對著山魈上半身撞去。

這正是當初白玄藍提示，要兩人嘗試配合的法門，不過當初說得簡單，要配合卻不是這麼容易，奇雅的炁勁放出太多，爆閃心訣爆之不動，放出太少又保護不了炎彈，兩方出力必須恰到好處才行，所以才有所謂「大、中、小」的約定，正是兩人這段時間練熟的三種不同強度。

黃宗儒聽到葉瑋珊大喊，同時感覺到一股炁息迅速接近，這時也沒空詢問，他馬上把炁牆從體表往外散，和棍上炁柱連結起來，成為一個護體氣罩，再看有什麼變化。

這一瞬間，炎彈轟地一下在山魈上半身炸開，首當其衝的山魈被炸飛兩公尺，落地後還退了兩步，他上半身黑毛捲曲焦黑，紛紛掉落，但除此之外，依然沒有明顯的傷害。

這一擊之後，山魈似乎頗有點頭昏腦脹，但那兩顆頭同時搖了搖之後，又一起放聲怪叫，轉頭對著奇雅與葉瑋珊衝來。

這傢伙動作奇快，黃宗儒想攔根本攔不住，奇雅一怔，連忙帶著葉瑋珊往旁飛，但山魈一踏地就跨出老遠，竟越追越近，還好靠著葉瑋珊施展爆閃加速，轉折間扯開距離，這才躲到了黃宗儒身後，讓他拿雙棍頂著山魈的攻擊。

等山魈似乎和黃宗儒又打了起來，兩人緩緩退到十餘公尺外，葉瑋珊皺眉說：「要試試大的嗎？」

「恐怕沒用，先想想。」奇雅微微搖頭，存在玄界的力量有限，還是別亂用。

瑪蓮等人見葉瑋珊停手，又開始攻擊，但正如剛剛一樣，無論怎麼砍劈，除了讓山魈怪叫之外，完全沒有實際的效果。

幾刀揮過去之後，瑪蓮終於忍不住叫了出來：「這什麼怪物啊？這不只是護體妖炁。」

「他的皮肉似乎不是普通血肉，所以動作才這麼僵硬。」賴一心不再攻擊，他配合著黃宗儒的動作，用蓄滿柔勁的黑矛，黏拖山魈的攻勢，使對方攻擊的力量、速度降低，一面喊：「小心點，他那雙爪的破壞力可能比我們武器還高，別被抓上。」

眾人本來就很怕那雙爪，聞聲更是小心，一沾即退，不敢冒險。

如果連瑪蓮、吳配睿、賴一心的武器都戳不進去，張志文和侯添良其實也不用出手了，但侯添良不死心，還在到處找機會戳刺。張志文在空中亂飛了幾圈，想想突然飄去沈洛年上方叫：「洛年救人喔——有沒有外掛可以開啊？別太晚開耶。」

沈洛年眉頭皺起，搖頭說：「沒有。」

「呃。」張志文繞了兩圈，只好回頭往那兒飛。

這山魈移位雖快，但身軀僵硬、攻擊動作單調，靠自己的能力，想欺近出手倒不困難，問題是山魈的防禦似乎不只是倚賴強大的妖炁，若那層皮毛筋骨根本打不穿，就算用金犀匕戳上去還不是沒用？單論攻擊力來說，自己可遠不如賴一心等人。

闇靈之力呢？沈洛年想想又搖了搖頭，其實自己施用闇靈之力的時候，和這山魈很像，也是動作僵硬、移動快速、軀體堅硬，但兩者層次可完全不同，只製造了兩百多個骨靈的自己，欺負一般鑿齒沒問題，和這山魈拚命可就是送死了……

另一面，逃過一劫的共生聯盟數百人，慢慢在後方聚集，他們見白宗不但有人能面對面抵擋住山魈的攻擊，每個人還各有特色地配合著應對，詫異之餘，忍不住留下觀戰，不過眼看眾人各出奇招，依然打不傷山魈，幾個精乖的又忍不住退了幾步，以備逃跑時能跑在前頭。

「洛年，眞沒辦法啊？」卻是張志文又飛了過來。

沈洛年想了想，轉頭對躲在自己身後的狄純說：「這妖怪動作很快，妳躲遠點別接近。」

狄純剛點完頭，想想一驚說：「你要過去嗎？」

「我去試試。」沈洛年說：「別擔心，躲好。」

「好，小……小心點喔。」狄純擔心地說。

沈洛年點了點頭，拔出金犀匕，站在凱布利上方往那兒飄，準備找機會出手。

這妖怪既然能動，總不可能當眞硬如金石，至少關節處該有點軟吧？若對方只是皮粗肉厚，主要的防禦是靠凝聚在體表的強大妖炁，那自己就有機可趁。

這時侯添良也已經收手，退開皺眉，戳上妖怪不難，但那就彷彿拿劍戳鐵板一般，不只沒用，還震得手腕發疼，不如躲開休息。

吳配睿也有類似的困擾，她攻擊力、破壞力又比侯添良高出數籌，反震力道也大，連砍幾下之後，兩臂被震得發瘓，不禁也退了下去，一面甩動兩隻手臂，一面氣得跺腳。

而從頭到尾一直保持攻擊的，就是賴一心、黃宗儒還有瑪蓮三人。黃宗儒專練挨打功夫不用多提，賴一心靠的是柔訣化勁，瑪蓮除了個性本就悍勇肯拚之外，主要靠著煉鱗的恢復力、持久力支持，三人配合起來，倒是砰砰乓乓地和山魈打得熱鬧。

但這樣下去當然不是辦法，過不多久，並未引仙、不能在戰鬥中引炁的賴一心炁息會第一個耗盡，煉鱗的瑪蓮、黃宗儒雖然還可以支持一段時間，但若眞少了賴一心的干擾牽引，受到的攻擊威力至少又會大上三成，能不能長久支持，恐怕還很難說。

就在這個時候，眾人看到沈洛年提著金犀匕接近，心中都不禁一喜，雖然說起來有點窩囊，但每次遇到危機，沈洛年似乎總能變出辦法解決，眾人難免有點期待。

沈洛年倒沒這麼樂觀，他也只是想試試而已，眼前只有三個人圍著，不難找機會進去，而且黃宗儒動作慢，賴一心反應快……只要避開瑪蓮就好，他觀察著戰況，眼見瑪蓮和對方一個碰撞往後彈，賴一心和黃宗儒同時進襲的時候，沈洛年催動著妖炁，能力全開，連續七、八個轉折，往對方背後衝了過去。

他這麼快速閃身，就彷彿所謂的分身術一般，每個地方都留下殘影，不只是山魈，每個人都眼花撩亂的同時，沈洛年已經欺到近處，趁著山魈胡亂一個揮空，金犀匕對著山魈右邊脖子砍了過去。

這種強大妖怪，妖炁集中處很難分辨，只能從生理上的弱點直接攻擊。沈洛年匯聚著道息的金犀匕，破開那一層強大凝實的妖炁，刺上山魈右頸。

沈洛年的目標本來是右頸根，也就是關節活動處，但山魈畢竟不是死物，最後一個快速閃動，讓沈洛年刺歪了三分，不過既然妖炁無用，沈洛年這麼硬刺過來，總算讓他刺入山魈頸側。

雖刺入了山魈頸側，卻也只能刺入半吋……沈洛年既然化去了質量，雖然有速度奇快的優點，但攻擊帶出的力量也相對大幅降低，若對方只是一般血肉之軀，破開妖炁之後，可以靠金犀匕的銳利度刺入，但這種針對肉體特殊修煉的妖怪，可當真刺不進去。

這樣不行，沈洛年正要拔出金犀匕撤退，沒想到對方肌肉一夾，竟是拔不出來。這一瞬間，對方的右手併指如刀，正對著沈洛年腰間掃來。

扔下金犀匕逃命嗎？不行！那可是懷眞的東西……沈洛年咬牙出力急拔，凱布利倏然脹大，妖炁狂催，推著身子往後衝，但就慢了這一下，眼看拔出金犀匕的瞬間，已閃不過山魈的右手手爪尖端，沈洛年只好猛一咬牙準備挨揍，反正大不了破個口子，等會兒縫起來便是。

下一剎那，那隻手果然有如利刃一般，在沈洛年肚腹開了一條裂口，他痛呼一聲，往後飛翻出去。

眾人看得清楚，大吃一驚，每個人都殺了上來，一下子刀矛劍棍通通往山魈身上砸，逼得山魈一面怪叫一面亂打。侯添良抱著摔在地上的沈洛年往外衝，狄純更是大叫一聲，振翅飛了過來。

沈洛年本以爲只不過是個小傷，有血飲袍的幫助，應該不會太痛，卻沒想到這下和過去的傷口大不相同，那道傷口雖不算太大，但卻彷彿被一支灼熱的鐵條掃過，又彷彿被幾十、幾百根火熱的針同時翻攪，雖有血飲袍止血，傷口卻無法闔攏。

「洛年？」侯添良驚呼聲中，連忙解開沈洛年的上衣，但看到裡面的血飲袍居然沒事，不禁有點愣然，他正想把血飲袍往外掀開查看，沈洛年一把抓住他手說：「別動。」

侯添良愣了愣，看著沈洛年說：「你明明被打到了……這衣服……」

沈洛年也不知怎麼回事，肚子上的傷確實不大對勁，雖然不深，但那痛楚和過去實在不一樣，而且還頗有點難以癒合的感覺……沈洛年咬牙忍著那燙針穿刺的感覺說：「扶……扶我坐起來。」

「你躺下吧！」侯添良驚呼說。

「洛年有沒有怎樣？」葉瑋珊、奇雅、張志文那兒出不上力，都奔了過來，尤其張志文更是一臉苦相，剛剛他連喊兩次，沈洛年才勉強出手，沒想到一上去就被山魈秒殺，這責任肯定落在自己身上，這次就算好運沒滅團，自己等會兒一定會被瑪蓮罵死。

「扶我……起來。」沈洛年又說了一次：「我……看傷口。」

「你別動啊。」奇雅也忍不住說。

狄純已經哭了出來，慌張地說：「洛年你痛不痛？傷得怎樣？」

「扶……我……」沈洛年手壓著傷口不讓人碰，一面掙扎著要起身，這一動到腹肌，他整張臉一片慘白，只差沒痛昏了過去。

葉瑋珊連忙跪下，雙手托抱起沈洛年，說：「別出力，我幫你。」

沈洛年就算不出力，這樣弓起身子也十分疼痛，他左手一抓，掀開血飲袍，霎時傷口血液往外湧，也許因為沒傷到什麼大血管，血液的量不算太多，但看到傷口，每個人都叫了起來。

只見傷口大約手掌長、半指寬，不算太大，也似乎沒傷到內臟，但問題是傷口周圍一片焦黑紅紫，皮肉翻捲變色，彷彿被烙鐵燙過一般，變成一圈燙熟的死肉。

「果然。」沈洛年喘了一口氣，掩回血飲袍說：「小純……取針線……」自從上次幫賴一心、張志文療傷，暴露出了醫療能力後，不時有些傷病會找沈洛年幫忙，他也就固定準備了醫療用針線讓狄純帶著。

狄純一面抹淚一面拿的時候，托抱著沈洛年的葉瑋珊忍不住叫：「這……可以縫嗎？」

「死肉……切掉……就可以縫。」沈洛年知道這傷還死不了人，倒不著急，但眞的很痛。他喘了兩口氣，咬牙望著葉瑋珊，艱辛地說：「那傢伙……身上……帶著……炎……炎氣。」

「我知道，我看到你的傷口了。」葉瑋珊紅著眼睛，抹著沈洛年頭上的汗說：「你……你……痛嗎？」

「不……」沈洛年皺眉罵了一句：「笨……笨蛋！」

這時候還罵人？葉瑋珊又急又委屈，眼淚忍不住滴了出來。

「炎……炎氣……護體……」沈洛年喘了兩口氣說：「炎彈……沒……沒……凍……」

葉瑋珊還沒聽懂，奇雅一怔開口說：「炎彈沒用？要用冰柱？」

「對……」沈洛年忙點頭說：「冰……試試……」

「可是我冰柱沒他快，打不到。」奇雅對葉瑋珊說。

葉瑋珊好不容易冷靜下來，她閉目想了想，睜眼說：「用爆閃心訣催動，一樣的比率，配在冰柱上。」

此法可行！奇雅馬上點頭說：「那快去。」

葉瑋珊望向沈洛年，正想開口，沈洛年已經皺眉罵說：「去！」

葉瑋珊咬了咬唇，終於輕輕把沈洛年放下，和奇雅並肩飄去戰場。

「針……線在這兒。」哭哭啼啼的狄純終於翻了出來，她淚眼迷濛地把那小彎針勾了好幾下，才勾上了線。

「誰……幫我？」沈洛年看著身旁的三人。

「幫你什麼？」帶著歉意的張志文說：「扶你起來嗎？」

沈洛年翻了翻白眼，有氣無力地說：「幫……挖掉……死肉，縫……縫起來……」

「這……這我不會。」張志文跳了起來，展翅說：「我去找醫生來幫忙。」一面往西邊飛，不敢回頭。

「臭蚊子！你別溜啊！」侯添良罵完，回頭苦著臉說：「等醫生來好不好？我也不會。」

沈洛年目光望向狄純，狄純卻馬上慌張地搖頭說：「我不敢……我不敢啦……」

那自己還要痛多久？那群人還在幾十公里外呢。沈洛年一咬牙說：「添良……你去前面幫忙。」

這邊確實用不著自己，除非自己準備幫忙挖肉，侯添良吞了吞口水說：「那我去了，你小心。」一面轉身往戰場奔去。

「丫頭。」沈洛年伸手取過狄純手中的針線，一面忍痛說：「離開我……十公尺。」

狄純一怔說：「爲……爲什麼？」

眞是囉唆的丫頭！沈洛年忍不住皺眉罵：「別……別問了！」

狄純一驚，連忙站起，可憐兮兮地跑開，一面又忍不住偷瞧著沈洛年那兒落淚。

沈洛年吸一口氣，從心室散出闇靈之氣，那股力量湧出的同時，軀體的生理活動隨之僵死凝結，數秒後，連痛覺也跟著消失，皮膚下透出恐怖的青紫色，他猛然坐起，拉開血飲袍揮刀急劃，剜去傷口周圍一片壞死的皮肉，跟著拿起針線快速縫合。還好道息雖不能用，時間能力卻還存在，沈洛年以最快的速度處理好傷口，血飲袍一蓋，收回闇靈之力，躺在地上喘氣。

闇靈之力使用時間越短，道息恢復的速度就越快，沈洛年躺沒多久，身軀顏色已經恢復正常，死肉剮去的傷口也在道息催動下開始癒合。

那股彷彿火炙般的痛楚消失後，單純這樣一個傷口就不算什麼大傷了。沈洛年躺了片刻，緩緩睜開眼睛，喘了口氣往旁看，卻見狄純可憐兮兮地站在十公尺外，正哭得稀里嘩啦，一面不斷拿衣袖拭淚，沈洛年不禁好笑，輕聲喊：「小純？」

狄純一怔，望著沈洛年，癟著嘴說：「我……我可以過去了嗎？」

沈洛年點頭說：「可以。」

狄純馬上奔了過去，蹲在沈洛年身旁說：「你好了嗎？」

「好了。」沈洛年說：「把針弄乾淨收起來……妳去告訴志文，不用找醫生了。」

狄純剛接過了針，擔心地說：「不用醫生嗎？你一個人沒關係嗎？」

「我好了。」沈洛年說完，輕拍地面騰起，穩穩站在凱布利身上飄浮著，彷彿沒受傷一般。

狄純不禁訝異地張大了嘴，說不出話來。

卻是沈洛年剛剛因爲太痛，心神大亂，沒法順利控制身軀質量才動彈不得，傷口縫起後，只要別出力，就不過是一陣陣的撕裂痛，倒還忍得住，此時沈洛年放輕身體，以凱布利妖炁托體，自然又站了起來。

「快去。」沈洛年摸了摸狄純的頭說：「剛嚇到妳，抱歉。」

狄純搖了搖頭，擔心地又看了沈洛年幾眼，這才轉身向東方飛去。

沈洛年目光往戰場掃去，觀察著戰況，見眾人多已避開，只剩下黃宗儒和賴一心組成一面牆壁，擋著身後的奇雅和葉瑋珊，而兩人正不斷以爆閃之法催動冰柱攻擊。

眼看那一股股寒勁透入山魈軀體，山魈果然火冒三丈、暴跳如雷，本來就不大靈動的身體又變得更僵硬了，但那股寒勁效果卻持續不久，山魈只受影響片刻，很快又行動自如。

似乎效果不大……沈洛年一轉念，暗暗皺眉，就算寒炎相剋，但奇雅的能力很明顯遠不如山魈，單靠奇雅出手，自然逼不走對方，那該怎辦？

沈洛年低頭沉吟的時候，突然聽到山魈一聲淒厲的怪叫，他連忙抬頭，卻見山魈正扭身向東方奔逃，幾個騰躍後，鑽入了噩盡島的山林之中，消失不見。

這是怎麼回事？沈洛年吃了一驚，不禁飄了過去，葉瑋珊等人看到沈洛年無恙地飄來，也不禁瞪大了雙眼，他們看了看沈洛年那染滿了血的衣褲，又望了望他彷彿沒事般的表情，都有點迷惑。

「洛年，你不是受傷了嗎？」瑪蓮叫。

侯添良也有點結巴地說：「對啊，那……是很嚴重的傷啊……」

「站著沒關係嗎？」葉瑋珊也驚呼說。

「弄好了。」沈洛年望著葉瑋珊和奇雅說：「怎麼趕跑那傢伙的？」

「我凍靈之力不如這妖怪的炎靈強大。」奇雅說：「雖然能牽制，但效果很小。」

「我有注意到。」沈洛年點頭。

葉瑋珊看了賴一心一眼，接口說：「後來一心要我們攻擊他受傷的地方。」

「受傷的地方？」沈洛年疑惑地問。

「洛年自己都忘了。」賴一心笑說：「你不是在他脖子上開了一個小口？雖然凍氣似乎能降低他的防禦力，但因為有那個傷口，奇雅的寒氣才透了進去……奇雅冰柱擊中肩側後，我對著那個傷口攻擊，大概刺入了兩吋，那山魈就逃了。」

沈洛年這才想起，就因為開了那個口，自己的武器才被夾住，肚子才跟著開了一個洞……他有點意外說：「那麼小口你也打得到？」

「凍氣讓他動作遲鈍不少。」賴一心說：「而且脖子後側，他反應比較慢，我之前攻擊了幾次眼睛都被閃開，還好你在那兒製造了傷口。」

這時候沈洛年應該先療傷吧？葉瑋珊忍不住走近說：「你真的沒事嗎？讓我看看。」一面伸手想掀開沈洛年那還帶著血的上衣。

沈洛年一把抓著葉瑋珊的手，白了她一眼說：「又想看我傷口？別看了。」

這話一說，兩人都想起前年中秋次日，為了看沈洛年胸口傷勢而吵起來的往事，葉瑋珊心中一暖，輕輕抽回手，低聲嗔說：「不講理的壞蛋。」

媽的，都過了這麼久，這女人怎麼還是一副很可口的樣子？沈洛年暗暗嘆了一口氣，目光轉開說：「都沒事就好。」

「蚊子那渾蛋呢？」瑪蓮突然想起，瞪眼四面看說：「幹嘛硬要你上！害你受傷，我幫你教訓他！」

「算了吧。」沈洛年哂然說：「若不是我自己想試試，他來叫一百次也沒用。」

這話倒是挺有說服力，瑪蓮頗覺好笑地抓抓頭，氣倒消了。賴一心跟著笑說：「若不是洛年上來開了一個口，這場仗還不知會打多久呢，萬一打到宗儒炁散可就麻煩了。」

眾人望向黃宗儒的同時，吳配睿走近他身旁，輕握著他手說：「沒事吧？」

黃宗儒苦笑搖搖頭說：「雖然也挺累，但比上次應付梭狪好多了。」

「那就好。」吳配睿安了心，放開黃宗儒的手，回頭嘟嘴說：「洛年你到底怎麼打傷那妖怪的？我用全力都砍不壞那傢伙！手還好痛。」

「對啊！」瑪蓮跟著叫：「教一下啦，教一點點就好。」

「你們學不會的。」沈洛年目光一轉說：「有人來了。」

眾人目光跟著轉過，卻見那群聚集在不遠處的共生聯盟人馬，似乎剛做好了什麼決定，其中三個人，領著近百人往這方向走來。

三人到了附近，停下腳步準備和白宗眾人攀談，至於他們身後那群人則繞過白宗等人，到西面收理那些被山魈挖心的盟友。

三人中，眾人只認識那前額上有條刀疤的何宗宗長，另外一男一女都是陌生臉孔，那爲首的壯漢身形高大微胖、濃眉大眼、厚唇大嘴，略帶福相的臉上輪廓分明，他背後揹著一柄類似雙短戟的東西，正對著眾人點頭。

另一人是個四十餘歲、面無表情的削瘦女子，她剪著一頭短髮，眼睛雖然明亮，皮膚卻顯得有些粗黃，稱不上什麼美人，卻帶著一種抬頭挺胸的自信氣味，倒不讓人討厭。

兩方目光對上，何宗宗長何昌南開口說：「葉宗長、沈先生與諸位，我介紹一下，這位是本盟張盟主與陳副盟主。」

那被稱為盟主的壯漢，微微點頭說：「本人張士科，祖籍山東，在眾人推舉下，暫居共生聯盟盟主一席，請多指教。」

「我叫陳青。」削瘦女子簡潔地說。

這時理當由葉瑋珊出來應付，她踏前一步，微笑說：「三位好，晚輩白宗葉瑋珊。」

「久聞諸位的威名，今日一見，果然名不虛傳。」張士科目光掃過眾人，最後停在葉瑋珊身上說：「葉宗長，今日若非各位相助，本盟不知會死多少人，張士科在此代表共生聯盟致謝。」

說完，他深深地彎腰，躬身對葉瑋珊行禮，陳青與何昌南也跟著鞠躬，葉瑋珊見狀不免有些尷尬，連忙說：「幾位快請起，急難互助本是天經地義，無須在意。」

三人直起腰，張士科露出笑容說：「諸位怎會恰好到這兒來？」

葉瑋珊有條不紊地說：「我們領了約十六萬難民，準備前往噩盡島島東，經過此處時，剛好發現諸位與妖怪纏鬥，所以趕上來協助。」

十六萬？共聯三人都吃了一驚，何昌南忍不住開口說：「台灣的人還有這麼多嗎？」

「不只台灣的。」葉瑋珊說：「天搖地動那一個月，台灣居民一路撤退到了江西，沿路也加入了部分難民，另外還有一些……來自雲南、泰緬、星馬、印尼、澳洲等地共兩萬多居民。」

這範圍也太大了吧？白宗跑了這麼多地方嗎？三人又吃一驚，張士科沉吟了片刻說：「葉宗長帶著這麼多人，不可能穿越島中間吧？」

「當然。」葉瑋珊說：「我們打算沿著島南側，繞到東北邊去……難道諸位打算穿過島中央？」

「倒也不是。」張士科說：「島上妖物眾多、林深草密、雜亂無路，高山深谷難以計數，直接穿越不如繞路……不過我們另有目的，所以才往內探。」

「喔？」葉瑋珊見對方似乎不想說出原因，也不追問，只接口說：「所以諸位是往內探的時候，引出了山魈？」

「那雙頭妖物就是山魈嗎？」張士科詫異地說。

「不是雙頭！是兩隻併在一起的獨臂單足妖怪喔。」瑪蓮得意地插嘴說：「又叫雙生山魈！」

三人一怔之後，陳青開口說：「你們有白澤圖？」

奇雅把瑪蓮拉回去訓話的同時，葉瑋珊搖頭說：「白宗沒有那種東西。」

這時張志文和狄純兩人正好飛回、斂翅而落，兩人見山魈已經不見，不免大驚小怪地低聲詢問，這且不提，另一面何昌南目光從兩人的雙臂巨翼，轉到站在一旁、彷彿事不關己的沈洛年說：「白宗本來沒有的東西，現在多了不少……不論是道咒之術、入妖之方、聚炁之訣、控妖之法，每一樣都是失傳的法門，連炁息都比一般變體者強大，而沈先生本人似無炁息，卻又具有特殊難解的戰鬥力……沈先生，莫非所謂的胡宗，才是眞正的總門遺脈？」

沈洛年正被狄純纏著問傷勢，發現何昌南突然點名問話，他微微一怔，隨即搖頭說：「不是。」

「這些技法，難道不是脫胎於道武門總門的『三天總訣』嗎？」何昌南又問了一句。

沈洛年想都沒想就說：「不是。」

「那麼這些法門從何而來？」何昌南說。

「關你屁事。」沈洛年煩了，瞪了他一眼，轉身飄開。

白宗眾人忍笑互看的同時，何昌南沉下臉正想發作，又想起當初被沈洛年救過一命，欠了份情，而且白宗眾人剛剛表現出的戰力太過強大，實在惹不起，他只好皺起眉頭，忍了下來。

葉瑋珊咬著唇、板著臉，好不容易才忍著沒笑出聲，過了片刻，她咳了一聲說：「眼前重要的是這十幾萬的人命，諸位是否願意與我們同行，一起把這些人送去東方高原？」

共生聯盟的戰力連山魈都無法抗衡，若闖入島內恐怕是凶多吉少，和大隊一起遷移，一方面爲了那十幾萬人出一份力；二來在白宗的保護下，也多點生存的機會，葉瑋珊主動邀約，算是很給對方面子。

怎料三人沉吟了片刻，張士科開口卻說：「此時尚須收殮我盟友遺體，也不知山魈是否會再度來犯，我等且先共行一日，今晚休息時再做商討如何？」

這倒也是，反正對方要不要留下，當然隨他們自己的意思，葉瑋珊自是應允，片刻後，得到消息的印晏哲，也領著數百名引仙部隊趕來幫忙，協助收殮遺體不提。

ISLAND
三皇五帝

變體者的遺體，不僅僅只是一具屍體而已，還意味著可以從屍首內萃取出一定量的妖質，如今是個妖質缺乏的時代，可不能浪費了。

一般成爲變體者，迫入體內的妖質約莫是一公升左右，但迫出時約只能取回三分之一的量，就算萃取屍體時不用擔心對方生命受損，也頂多取出半數。

今日偶遇山魈，共聯就損失了四十餘人，換算過來少說也有二十多公升，當然不能扔著不管。

共聯的人們，花了一天的時間迫出妖質，然後在路旁挖了一個大坑埋葬這些遺體，而這段時間，那緩緩前進的大隊人馬，終於走過這狹長的海上走廊，正式踏入了噩盡島。

當晚紮營讓人們進食休息後，和過去幾個月一樣，白宗眾人遠遠離開人群，聚在一個營火旁，過去這種時候，通常都是在賴一心指點下，一起演練功夫，葉瑋珊則和奇雅在一旁觀看，一面研究著道咒之術的諸般竅門，狄純不練功夫，但常常變形了在空中飛翻，她雖因爲體內妖質不多，也沒有洛年之鏡，妖炁強度不如眾人，但因體型輕巧，單論騰挪閃避的功夫，幾不下於張志文。

至於沈洛年，有時會在旁邊看看，揮著匕首陪著大家胡練，有時候躲到凱布利裡面，也不知道是睡覺還是練功，更多時候他會跑出去亂逛，不知蹤影。

不過今日和平常有些不同，共聯張士科等三人，晚飯後不久，隨即過來拜訪，葉瑋珊請三人在營火旁坐下，另外拉了比較穩健的奇雅、黃宗儒作陪，瑪蓮、吳配睿兩人愛湊熱鬧，拉著狄純，擠在三人後面旁聽。

賴一心倒不管這麼多，自顧自地在營火光芒可及處揮動黑矛演練，而侯添良、張志文感覺今日毫無建樹，也想多練點功夫，倒沒跟著瑪蓮湊熱鬧，至於沈洛年，則早已鑽進凱布利裡，躺在不遠處，也不知是睡是醒。

兩方見禮之後，張士科望著併在一起的兩個帳篷，首先開口說：「沒想到諸位居然在此紮營，眞是讓人意外。」

眾人對視一眼，都不明白這話的意思，何昌南接口說：「諸位把引仙部隊的大小事情都交給了那位印上尉？不怕日後不易管束嗎？」

葉瑋珊這才明白對方的意思，也不是她反應不夠快，實在是一直沒把這種事情放在心中，這才慢了半拍，葉瑋珊露出笑容說：「不管在哪個國家，武裝部隊都該為國家所用，而非個人……印上尉應該也很明白這個道理。」

「如果是帝制的國家呢？」張士科說。

「那當然是例外。」葉瑋珊頓了頓說：「過去也許還有一些這種國家，但未來……不大可能吧？」

張士科笑問：「所以如果有人想要當皇帝，白宗會全力阻止？」

「這是當然的吧？人類努立了數百年才逐漸建立的民主觀念，怎能開倒車？」葉瑋珊說。

「對了，諸位和昌南兄一樣來自台灣。」張士科想了想說：「台灣這數十年來，一向以自由風氣、民主成就自傲，所以葉宗長這麼想，也不能說錯，但民主眞的好嗎？」

葉瑋珊微微一怔，說老實話，她一年前也不過是個高三女孩而已，連投票權都沒有，雖不能說從沒注意過政治新聞，卻也沒十分用心，而且民主不是天經地義的事嗎？怎會有人問這種問題？她一時還眞不知該怎麼回答。

而白宗之中，瑪蓮且不提，奇雅年紀總算稍長一些，她微微皺眉說：「張盟主問這問題，有什麼用意？」

「那我便直說吧……」張士科說：「近代百餘年，人人口中都是民主共和與自由，甚至全世界都往這方向走，但民主自由其實是一種彷彿鴉片般會上癮的毒物，不只迷醉人心，還讓人受苦受難而不自知。」

眾人雖然都是年輕人，但越是年輕人越不能接受這種話，自由有什麼不對？但葉瑋珊也不想隨便得罪人，想了想開口說：「張盟主的想法，十分特殊。」

張士科對葉瑋珊的反應，似乎也不意外，他微微一笑說：「民主，意味著人民的未來由人民自己決定，決定的方式，通常都是透過投票或代議……而因爲沒有帝皇王侯的階級統治，意味著人人平等，每個人都有發聲和監督政府的權力，對吧？」

眾人同時點頭，張士科一笑說：「眞的是這樣嗎？四二九之前的台灣，眞是人人平等、高官沒有特權、人民可以有效監督政府？選出能幹、有效率又廉潔的政權？」

聽到這串話，眾人臉上不免有些訕訕然，葉瑋珊當然也不能違背良心點頭，不過她還沒回答，黃宗儒已經開口說：「也許不能盡如人意，但人民隨時可以用選票更換自己唾棄的政權，換人執政，不就是一種民主表現嗎？」

「但換上的人眞的好嗎？人民眞的滿意嗎？」張士科不等眾人回答，一笑說：「政治本是個污穢的大染缸，任何國家的民主政治，到最後總會變成在爛的之中想辦法選個比較不爛的，尤其兩黨政治更是嚴重，人民投票選擇某個候選人的動力，往往來自於對另一方候選人或政黨的不滿，而不是因爲對己方候選人的喜好；選舉活動的進行焦點，也不再是政見的比較，而是兩邊誰的骯髒事被揪出來比較多……這還叫作『選賢與能』嗎？」

眾人雖然都才二十歲上下，但既然在台灣長大，從懂事以後卻也看了不少次選舉，聽到這些實在無言以對，誰也沒法開口。

張士科稍停了片刻，讓眾人思索了一下剛剛的言語，才緩緩地繼續說：「如果當眞人人生而平等，根本就不用選舉；『選賢與能』這四個字，本就敞明了人生而不平等，有些人就是適合管理，有些人就是適合被統治，這才要大家『選出』統治者！所謂的民主，只不過改用選舉的手段，來進行政治鬥爭、獲得權力而已，而人民不自知，以為這就代表進步、就代表自己有權力監督政府，但就算能和平更替政權又如何，只不過代表從武裝戰爭取得政權的方式，進步成看誰欺騙人民的伎倆比較高明而已，並不代表人民就能過得幸福。」

「但少數服從多數，總是比較少怨言，不是嗎？」瑪蓮忍不住插口。

「多數決？」張士科一笑說：「民主最主要的觀念之一就是多數決沒錯……但其實每個人都知道，人類中人云亦云、愚蠢易騙、沒有遠見、重視私利、只問親疏不問是非的人佔了絕大多數，這樣的多數決，能選出什麼正確的主張和人才？總說『人民眼睛是雪亮的』那些政客，轉過身還不是把人民都當傻瓜……有誰敢在財政困難的時候辦個『減稅或增稅』的投票？試看看人民到底有沒有腦袋？」

聽到這兒，葉瑋珊忍不住說：「張盟主的意思，難道是要恢復帝制嗎？那對人民的損害可比民主的害處大多了。」

「當然不是。」張士科微微搖頭說：「帝制傳承，先代也許是英明的君主，後代卻可能是扶不起的阿斗，而專制帝皇無人可約束，若橫征暴斂、窮兵黷武，人民所受的傷害遠過於民主制度，當然更不理想。」

總算聽到比較熟悉的話了，眾人都有點鬆了一口氣的感覺，卻聽張士科接著說：「古今中外數千年的歷史中，政治最清明、人民過得最好的時候，就是在帝制或獨裁時，遇到重視人民生活福祉的明君。」

葉瑋珊接口說：「但有些明君年紀大了後就開始昏庸，有些明君後代荒淫無能、殘民以逞……能不能遇到明君全憑運氣，所以帝制才會被人唾棄啊。」

「葉宗長說得是。」張士科微笑說：「但如果有種明君，頭腦不會老化，也不會死亡，不貪圖美色逸樂，不聽讒言，熱愛人民，還有辦法保護大家的安全……那就太好了，是不是？」

哪有這種事？看樣子說了這一大串只是閒聊……葉瑋珊雖然覺得有些莫名其妙，仍點點頭應和著說：「可惜沒有這麼好的事情。」

怎料張士科卻一笑說：「其實是有的。」

眾人一愣間，葉瑋珊微微皺眉說：「張盟主別開玩笑了。」

「很早以前就有這樣的一個時代……」張士科說：「那些……姑且稱之為『君王』吧，他們統治、管理、幫助著人類，當感覺累了的時候，就選另外一個有興趣的好君王來管理，直到民智漸開，人類逐漸有自保的能力，他們選擇把權力還給人類，這才進入帝制家天下的時代……之後那些君王，偶爾才關注一下。」

「張盟主說的是……三皇五帝的時代？」葉瑋珊搖頭說：「這是某種比較冷門的神話傳說嗎？」

「葉宗主不知道也不奇怪。」張士科笑說：「那些上古明君，都是妖怪……或者該說妖仙。」

「妖仙？」偷聽的瑪蓮和吳配睿忍不住驚呼出聲，這一叫，連侯添良、張志文都忍不住跑了過來。

張士科看著眾人詫異的表情，臉色一正說：「這是千眞萬確的，早期人類各族的首領，都是各種族的強大妖仙……若兩族產生衝突，則由妖族戰鬥分勝負，決定統治權，不會牽涉到普通人類……數千年前東方大地最早先是龍族與牛首族爭鋒，牛首族敗退之後，龍族內部再起爭端，虯龍迫走了應龍、蛟龍兩族，之後很長一段時間，神州大地的人類，都由虯龍族在管治，我們東方人最古老的語言和習俗、法制，都是由虯龍族指點而訂定的，不過後來演化得越來越複雜，和早期的模樣已完全不同。」

「虯龍？」張志文推了推侯添良，低聲說：「還記得那條青龍敖旅嗎？」

侯添良點頭說：「記得，怎樣？」

「所以他才問我們知不知道人類和他們的關係啊。」張志文說：「會不會他也當過人類的帝王啊？」

「不會吧。」侯添良張大嘴：「幹！他是黃帝還是堯舜之類的嗎？」

吳配睿回頭低聲說：「洛年說那是小龍，沒這麼老吧？」

「洛年也只是猜的而已啊。」張志文不甘願地說。

「他胡猜也比你準。」瑪蓮哼聲說。

奇雅聽得後面越來越吵，回頭低聲說：「安靜點。」

張士科等人沒聽清張志文等人的低語，見眾人反應古怪，有些意外地說：「難道諸位聽說過這些傳說？」

「不。」葉瑋珊搖搖頭說：「張盟主告訴我們這些，莫非想再找虯龍族管治人類？」

「正是。」張士科點頭說：「若有最強大的虯龍族保護，鑿齒根本不敢來騷擾，也不用劃地自限躲在噩盡島，天下大可去得，而虯龍不像人類有無盡的貪慾，他們壽命極長，若過了一段時間想休息，也會另找個善良的虯龍族接下這位置，總之我們只要奉虯龍族為尊，定期供養、祭祀即可。」

葉瑋珊思忖片刻，搖頭說：「四二九之後不知多少人親友死在妖怪手中，讓妖怪來管理人類，他們會接受嗎？」至少葉瑋珊可以確定，李翰就不可能接受。

「也許一開始會不習慣，但久而久之就會接受了。」張士科說：「虯龍族的帝王，代表的是絕對的強大、正直、中立，正是最適合的帝王。」

葉瑋珊問：「那麼……當初為什麼要把權力還給人類？不一直管下去？」

張士科嘆息說：「因為數千年前道息漸退啊，強大的妖仙族都準備著移居妖界，人類沒法跟過去，當然要想辦法讓人類自立；但如今道息重返，人、妖兩界再度重合，在這充滿強大妖怪的世界中，人類並不具有足夠的競爭力……找虯龍族協助我們，不是理所當然嗎？」

雖然聽起來頭頭是道，但是情感上就是不大能接受……隔了片刻，葉瑋珊又說：「虯龍族又為了什麼會想幫助人類？」

張士科說：「人類還是萬物之靈的時候，不也如此？這本來就是最高等生物的自覺……過去的時代裡，如果我們發現了某種生物，若不管牠的話可能會消失，難道就任牠自生自滅，不會施以援手？」

「我可不想被人關到動物園裡面照顧。」瑪蓮沒好氣地應了一句。

張士科搖頭說：「用生態保護區來比喻比較正確，在虯龍族保護下，我們大體上還是自由的。」

上次那個敖旅確實有點這種味道，他似乎正是不想讓梭狪絕種才出面干涉……但葉瑋珊仍說：「張盟主，你怎能靠著古老傳說就確定虯龍族是這種個性？萬一有誤，豈不是害了人類？」

「古老的傳說當然不足爲憑。」張士科肅容說：「四二九大劫後，共生聯盟千餘人分成數十組，在全世界尋找高等妖仙打聽確認，終於從善良的妖仙口中，確定了虯龍族的個性與這些歷史，這才依指引尋來……我們本以爲虯龍族仍居北海，沒想到卻走了冤枉路，否則也不會這麼慢了。」

黃宗儒吃驚地說：「找妖怪打聽消息……不怕遇到凶惡的妖怪嗎？」

聽到這話，張士科等三人臉色都沉重了起來，過了幾秒之後，張士科才說：「當然有風險，所以共生聯盟……如今只剩數百人。」

其他人都死了？白宗眾人一怔，都有點不好意思開口。

「這件事情總要有人去做，我們也是爲了人類的未來著想。」張士科很快就打起精神，抬頭誠懇地說：「這樣諸位應該了解我們的想法了吧？就算當眞有人排斥虯龍族，那也要給其他人一個機會啊，就算分成兩個不同的國度也成，有虯龍族保護的人類，其實並不須要住在噩盡島東方高原區啊！」

如果不是強迫的話，倒沒有必要堅持反對了……也許眞有人願意讓強大的妖怪保護著呢？葉瑋珊正思索，張志文突然開口說：「不提還差點忘了哩，噩盡島東邊道息量少，妖怪又不大會接近，何必找人幫忙？爲什麼不靠自己想辦法守住？再怎麼說我還是比較喜歡民主……我還沒投票過耶！」

「政治制度就先不提。」張士科目光一凝說：「萬一有天息壤效果消失了呢？若息壤當眞能萬年不壞，爲什麼過去沒有一點留下來？爲什麼古老傳說中，息壤是被禁止使用的東西？」

這話可說得眾人有點發毛，若息壤當眞失效，那些鑿齒、刑天和各種妖怪不就馬上衝了過來？變體者可能還有機會逃命，一般人類恐怕一天內就會死光。

葉瑋珊想了想，直接切入重點說：「張盟主，你希望我們幫你什麼忙？」

張士科目光一亮說：「我們獲得的資訊，虯龍族如今居住在東北方、離這兒約四百餘公里處的一個大湖中，但想深入到那種地方，我們的戰鬥力明顯不足，若諸位能大力幫忙……」

「不幹！」張志文忍不住搶著嚷：「今天就差點被山魈滅團！我們也打不過啊！」

「安靜點啦。」瑪蓮抓回他說：「這麼丟臉的話也敢喊。」

「我還想說『關我屁事』呢。」張志文笑著低聲說。

「去你的，少學洛年。」瑪蓮好笑地輕拍了張志文臉頰一掌。

張士科彷彿沒聽到張志文的聲音，目光凝住在葉瑋珊身上說：「葉宗主，這可不是兒戲，是牽涉了所有人類未來的大事，就算你們不幫忙，我們也一樣會往東北探入……共聯剩下的三百二十五人全部死盡那又如何？就怕最後一人仍找不到蚓龍族，那人類的未來該怎麼辦？」

葉瑋珊皺著眉頭說：「那這十幾萬人呢？」

張士科見葉瑋珊似乎意動，目光一亮說：「四百公里，我等來回不須數日，讓大隊暫時在此等候即可，若能說動蚓龍族保護，之後的行程必定安全無阻。」

「宗長，眞要去啊？」張志文吐吐舌頭低聲問。

「對啊，眞要去啊？」連瑪蓮也忍不住想問。

這次輪奇雅罵人，她皺眉說：「你們倆都別吵，讓宗長思考。」

張志文乾笑說：「好啦、好啦，可是奇雅，讓我說一句正經話。」

「什麼啊？」瑪蓮轉頭笑罵：「你也有正經話可以說？」

「阿姊怎麼這樣？我也是很認眞思索的呢。」張志文苦笑了笑，回頭瞄著張士科說：「這種危險的行程，洛年不去我可不敢去，盟主大叔，您沒先去說服胡宗沈先生，太不應該了。」

這話確實有三分見地，瑪蓮一樂，輕拍了拍張志文肩膀，表示讚許，這可把張志文拍得全身舒泰，直衝著瑪蓮傻笑，瑪蓮瞄了兩眼忍不住火大，又是一巴掌拍了過去。

且不管這兩人在後面打鬧，張士科聽到這問題，微微一笑，看著葉瑋珊說：「我以爲，只要葉宗長首肯、白宗願意出手，沈先生自會同行。」

這是什麼話？葉瑋珊臉龐不禁微微泛紅，但這話也不似隨口胡言，如果白宗去了，那人……確實會跟去吧？他是爲了白宗，還是爲了自己？

「宗長？」奇雅見葉瑋珊低頭發愣，輕推了一下。

葉瑋珊回過神來，連忙定下心神，這才說：「張盟主，可否給白宗一晚時間思索、討論，明日再給諸位答覆？」

「這是當然。」張士科點頭說：「打擾諸位了。」

「且慢。」沈洛年的上半身突然從凱布利中探了出來，輕飄飄地站起，他一面收起凱布利，一面沉著臉，不是很高興地看著這兒說：「我有幾句話說。」

「洛年沒睡！」張志文叫：「快來幫忙制止！」

「沈先生。」張士科也已站了起來，當下他用那看來十分有神的眼睛望著沈洛年，微笑說：「有任何指教，還請不吝賜告。」

「息壤排斥道息的能力，千年後效果才會逐漸消失。」會「算命」的沈洛年說：「如今飲食、呼吸無處不含細微妖質，千年過去後人類體質漸漸轉化，縱未修煉，也會恢復古時的強健，當能再度與鑿齒爭鬥，不用擔心。」

「原來如此……」共生聯盟的三人有點意外地互望了望，張士科才說：「不知沈先生如何得知？」

「第二件事。」沈洛年不理會他的問題，接著又說：「闖入島中尋找虯龍，有多凶險就不用說了……萬一大家都死了，這十幾萬人怎辦？」說到這兒，沈洛年頓了頓，望著葉瑋珊等人說：「我是不在乎這些人死活，你們也是嗎？」

「呃……」這一點大家倒是都沒想到，葉瑋珊、黃宗儒等人其實都比沈洛年機敏不少，但畢竟他們看過的強大妖怪不多，一時還沒想到失敗的後果，沈洛年卻因為懷真的關係，不得不先計算死亡的可能性，當然先想到這一點。

被這麼一提醒，葉瑋珊已經想通，馬上說：「洛年說得對，這十幾萬條人命才是眼前最重要的事，張盟主，共生聯盟若真為人類著想，尋訪虯龍族之事理當延後，先與我們合作把這些人護送到安全地方，到時要不要找虯龍族，還可從長計議。」

張士科似乎也找不出理由反對，而且最重要的是——若白宗堅持不幫忙，成功的機會未免太小，他正沉吟著，沈洛年又開口了：「第三件事。」

張士科這時可不敢輕視沈洛年的發言，心神一凝，抬頭說：「沈先生請說。」沈洛年凝視著張士科說：「張盟主，你一心尋找虯龍族，當眞沒有私心？」

張士科一愣，看著沈洛年的眼睛，竟有點不敢貿然回答這句話，兩人對視片刻，張士科終於說：「若要說有私心……我希望能在那英明的君主下，一遂我爲世人造福的心願。」

「靠！你想當宰相對吧？」瑪蓮嚷。

「嘖嘖。」張志文跟著搖頭說：「口才很夠當宰相了，剛剛把我們騙得一愣一愣。」

「我從不諱言自己有經國之志。」張士科似乎並不覺得兩人的明嘲暗諷刺耳，轉頭望著白宗眾人說：「我觀察已久，民主制度下，作秀總比做事有效，排在第一的永遠是選票，所有施政方針都不能與選舉利益相違背，幾乎沒法眞正替人民做什麼事……我確實期待能在明君下施展抱負，爲民謀福利。」

看這人一臉正氣地這麼說，瑪蓮和張志文兩人倒說不出話了，兩人身後卻傳來一句話：「說得很好呢。」

眾人回頭，葉瑋珊微微一愣說：「一心？」

卻是賴一心不知道什麼時候也停了練武，走到眾人身後，他正對著張士科說：「我覺得你的想法很棒，但是那個明君，一定要虯龍族嗎？」

張士科一愣說：「還有其他的選擇嗎？」

「比如說若有個無私心又聰明的人類呢？」賴一心說：「大家都聽他的，讓他當帝王管理一切，別世襲不就好了？」

「一心！」葉瑋珊皺眉說：「你總是太理想化了，這怎麼可能？別說當帝王的人，就算在民主社會，有多少人願意浪費自己的政治資源，不培養子女當接班人？」

「不可能嗎？」賴一心抓抓頭自語說：「找個好人不行嗎？」

這人又在胡思亂想……葉瑋珊剛嘆了一口氣，卻見沈洛年突然對張士科點點頭說：「你倒不像壞人。」

張士科倒沒想到被個毛頭小子這麼說，不禁有點啼笑皆非，只好苦笑說：「多謝稱讚，沈先生還有問題嗎？」

「有。」沈洛年說：「北海周圍有彷彿縛妖派的人領著妖怪到處殺人這件事情，應該是你們各處散布的謠言吧？目的是什麼？」

張士科一怔說：「竟有此事？我完全不知。」

「你說的挺像實話。」沈洛年哼了一聲說：「但這事情半年前就從上海、日本等地傳到噩盡島，你身為共聯盟主，又去過北海附近，完全不知豈不奇怪？」

張士科一怔，回頭看了看身旁的兩人，似乎有點難以置信。

沈洛年也望向何昌南以及那面無表情的中年女子陳青，最後沈洛年目光停在陳青臉上，開口說：「是妳散布的？」

陳青臉色終於微微變了變，皺眉說：「什麼？」

「當眞是妳。」沈洛年眉毛一挑說：「騙我沒用的。」

陳青眉頭皺起說：「我不懂你說什麼。」

「騙人！」吳配睿首先叫：「洛年說的一定沒錯！就是妳，爲什麼要造謠？」她對沈洛年有種近乎崇拜的盲目信心，當下喊了出來，其實狄純也差不多，只不過她膽子太小，不敢跟著喊。

「對啦，洛年說是妳就是妳啦！」瑪蓮其實沒這麼有信心，但卻有點唯恐天下不亂，跟著照喊，反正這次先喊的不是自己，奇雅怪不到自己頭上。

瑪蓮一喊，張志文和侯添良哪還客氣，跟著亂叫。

葉瑋珊好笑地回頭說：「又沒有證據，別這樣。」但這話中，也隱隱表示出她也相信沈洛年，只是不便直接支持。

沈洛年倒不窮追猛打，搖搖頭說：「不承認就算了，我只是想弄清楚原因而已。」

張士科轉頭看著陳青，緩緩說：「半年前就有這些消息？他沒說謊吧？我怎會不知？」

陳青遲疑了片刻，這才低聲說：「是我自作主張……我只是不想讓別人靠近那兒，該不至於對人有害。」

張士科眉頭皺起，回頭對沈洛年行禮說：「確實是本盟的不是……不知道對沈先生造成了什麼困擾？」

其實也沒什麼，只不過累得懷眞跑去台灣忙了兩星期，沈洛年想想搖頭說：「我只是好奇這謠言的原因……影響並不太大。」

「等等！」張志文叫：「還沒確定是假消息之前，我們那時在台灣的十幾萬人都嚇得想逃命耶，那陣子每天都在趕著造船，怎麼說影響不大？影響可大了！」

「眞是抱歉。」張士科眉頭緊皺說：「我沒什麼辦法補償諸位，若他日能留下這條性命，我會竭盡全力爲人類謀福祉。」

「說來說去你還是想當宰相嘛！」張志文拍腿說：「這哪算懲罰？」

「這臭蚊子，你還眞刻薄。」瑪蓮忍不住哈哈大笑。

張志文倒沒想到開口罵人瑪蓮會這麼高興，難怪沈洛年這麼受歡迎！下次可得記得掌握罵人的機會。

「張盟主，抱歉。」葉瑋珊搖頭苦笑說：「他們只是愛開玩笑，我們其實並沒困擾太久，您無須在意，倒是剛剛的建議，希望張盟主仔細考慮。」

張士科思忖片刻後說：「葉宗主、沈先生的建議很有道理，我會和盟友仔細討論後，再作答覆。」

三人有點狼狽地告辭後，葉瑋珊望向沈洛年，正想謝謝他適時出言提醒，卻見他走近眾人說：「最好別去。」

葉瑋珊有點意外地說：「洛年？」

「道息大漲後，我的感應能力就不很靈光。」沈洛年說：「一些獸性較重、野生型的強大妖怪，隱藏妖炁的能力都很強，就算百公尺內我也未必能感應，比如之前的白狼王、梭狪，還有今日的山魈，而這些妖怪常常都是無法溝通的，闖進去太危險。」

「洛年既然這麼說，當然別去。」張志文贊成地說：「既然息壤可用千年，何必找人來管我們？」

「我也不很贊成。」賴一心也說：「人類的事情還是人類自己處理比較好，眞找不到一個好人來當皇帝嗎？」

「還是民主制度比較省麻煩吧？」葉瑋珊沉吟說：「萬一選錯人，比較容易換下來，皇帝很難。」

賴一心笑說：「但剛剛聽起來，民主似乎眞有點差勁耶？」

沈洛年好笑地說：「不然一心當皇帝吧？你最像好人。」

「我不行。」賴一心哈哈笑說：「我腦袋沒這麼好，瑋珊倒不錯。」賴一心本來學著大家一起喊葉瑋珊宗長，但私下相處時葉瑋珊卻只肯讓他喊名字，整日換來換去，弄得他有點混亂，常常舌頭打結，最後乾脆都喊名字，反正兩人關係特殊，葉瑋珊既然沒有意見，眾人也不便計較。

「又胡說了。」葉瑋珊白了賴一心一眼，對沈洛年說：「你別陪一心一起發神經。」

「我有辦法！」瑪蓮突發奇想地說：「我們找個想當的人讓他去當，萬一他亂來，我們就把他換掉！反正人類誰也打不過我們，引仙部隊又都聽宗長的。」

奇雅沒好氣地說：「不聽妳的話就被換掉，還算皇帝嗎？」

「呃……好像怪怪的。」瑪蓮有點尷尬地呵呵笑了起來。

「總之他們該會把這事往後延。」黃宗儒笑著接口說：「可以拖到高原區之後再考慮。」

這倒也是，眾人不再多說，紛紛散開，做著每日的演練功課，沈洛年則鑽回凱布利中，也不知道是不是又睡覺去了。

ISLAND

花式飛行表演

次日，共生聯盟果然決定隨隊先去東方高原，蚪龍族之事暫且押後，這倒讓葉瑋珊鬆了一口氣，不管怎麼想，至少要讓人類內部充分溝通後，再考慮要不要找蚪龍族。

當下大隊照著原先規劃的走法，沿著新浮起的海岸與舊海岸邊際，逆時針往東面移動，依照慣例，白宗等人在隊伍的最前方，準備應付變化，至於後面的隊伍，則一樣由印晏哲安排的引仙隊伍四面防護。

共生聯盟在此算是客卿的身分，千餘人的引仙部隊也不缺這三百人，他們倒是沒什麼事，就安排在白宗和大隊之間移動，算是做個前後呼應的角色。

也許是因爲剛進入噩盡島，今日沈洛年沒躲在凱布利裡面，在眾人左側不遠處，靠著內陸的那個方位緩緩飄行，他也不和眾人多說什麼，神色似乎有點凝重。

葉瑋珊看了一陣子，越來越不安心，靠過去說：「怎麼了？」

沈洛年遲疑了幾秒，才低聲說：「好像有幾道強大但細微的妖炁跟著，不是很確定。」

什麼叫作強大又細微？葉瑋珊吃了一驚說：「你怎不早說？讓大家準備一下。」

「還不知道有沒有惡意。」沈洛年說：「若是這兒先劍拔弩張的，說不定反而引起對方敵意。」

「算不出來是什麼妖怪？」葉瑋珊問。

「非法問題。」沈洛年搖頭。

連葉瑋珊都有點討厭聽到這句話了，輕輕一頓足說：「那怎辦？」

「我有提防著。」沈洛年說：「萬一有狀況，應該避得開，妳回去。」

「真不告訴大家嗎？」葉瑋珊遲疑地說。

「不用了。」沈洛年搖搖頭，突然說：「等等！」

「怎麼？」葉瑋珊一愣，忍不住捏著匕首，下意識地凝聚了炁息。

「別凝聚。」沈洛年低聲說：「似乎沒有惡意。」

葉瑋珊一怔，斂回妖炁，順著沈洛年目光望去，卻見左前方林間草旁，兩隻約成人小臂大小的黃絨色鼠狀獸類，正直立著探頭探腦，用那雙大眼睛望著沈洛年和葉瑋珊。

「這什麼？好可愛。」葉瑋珊戒心盡去，輕呼了一聲。

「別大意。」卻聽沈洛年說：「這些妖怪，妖炁雖然不明顯，強度似乎只比普通刑天稍弱一些。」

葉瑋珊一呆，可不敢再說這些妖怪可愛。

那些鼠狀獸類，交頭接耳片刻，突然躍起，背後展開兩片燕翼般的長翅，往林間又飛了回去。

「好像想問什麼又不想問……還有點疑惑的氣味。」沈洛年自語了幾句，想了想才抬頭說：「應該沒有敵意，不用太擔心。」

「真的嗎？那就太好了。」葉瑋珊鬆了一口氣。

「告訴大家吧。」沈洛年頓了頓說：「那叫『寓鼠』，群居型妖獸族，飛行速度快，翅膀是彷彿利刃般的武器，可以用語言溝通。」

「咦？」葉瑋珊詫異地說：「剛剛不是說不能算？」

「看到之後就可以算。」沈洛年說。

「喔？」葉瑋珊搞不懂沈洛年算命的規矩，苦笑間飄了回去，和眾人說明。

又走了片刻，隊伍後端，這段時間感情越來越好的狄純和吳配睿，兩人正交頭接耳地不知在談些什麼。過了片刻，吳配睿似乎一臉意外，正一連串發問，這時瑪蓮好奇湊了過去，三人說了幾句，瑪蓮突然驚呼一聲說：「多的時候也行嗎？」然後聲音又迅速小了下去。

「阿姊喊什麼？」張志文飄近。

「你滾遠點，不准偷聽！」瑪蓮板起臉，一面揚聲說：「奇雅、宗長，快來、快來！」

張志文十分乖覺，看得出瑪蓮這是認真的表情，當下乖乖地閃開，和侯添良等人抬槓，一面偷偷留意那兒。奇雅和葉瑋珊過去後，五個女孩隔了前隊十幾公尺遠，一面走，一面頗驚喜地嘰嘰咕咕地說了半天，後來不知爲什麼，笑著爭執了起來。

「她們在吵什麼啊？」走在前面的張志文好奇地問。

「女孩子總有些話想私下說，不用介意。」拿著黑矛、走在隊伍前端的賴一心笑說。

「我去睡覺。」沈洛年眼見那些寓鼠妖怪似乎沒敵意，也不打算繼續監視，當下飄回隊伍旁叫出凱布利，正打算用繩子捆著拿給狄純時，突然聽見後方瑪蓮大嚷：「洛年！先別睡。」

「幹嘛？」沈洛年回頭說。

「這……反正等一下啦，我們還沒決定誰來說。」瑪蓮又轉回頭去，一面比手畫腳，葉瑋珊和狄純等人卻猛搖頭，似乎瑪蓮想猜拳決定，其他人卻不同意。

「她們商量的事情好像和你有關。」黃宗儒笑說。

「到底怎樣？」沈洛年沒耐心，直接飄過去瞪眼說：「要說什麼？」

五個女孩一下都安靜下來，妳看看我我看看妳，過了片刻吳配睿才說：「小純妳用過啊，妳說？」

「不要啦。」狄純紅著臉，低頭囁嚅說：「我就……打算學妳們的辦法才問的，是妳們想問洛年的。」

「我們的辦法很麻煩耶。」瑪蓮看著沈洛年，有三分尷尬地說：「洛年，有件事情想要你幫忙。」

一頭霧水的沈洛年說：「什麼事？」

瑪蓮張開嘴，想想又回頭說：「宗長，妳和洛年感情最好，妳說吧？」

葉瑋珊臉一紅，白了瑪蓮一眼說：「這有什麼不好意思的？自己說。」

「既然不會不好意思就妳說啊。」瑪蓮乾笑說：「又不是只為了我。」

「可是……被妳們搞得氣氛好奇怪，我不要說！」葉瑋珊扭開頭忍笑說。

瑪蓮目光一轉說：「不然小睿？」

吳配睿一怔，也忍笑說：「可是這麼多人面前說，好像有點奇怪。」

「那妳和洛年去私下說啊。」瑪蓮笑說。

吳配睿一怔，胡亂找理由說：「萬一……萬一無敵大想歪了怎辦？還是不要。」

「我來說吧。」奇雅皺眉說：「宗長說的沒錯，沒什麼不好意思的。」

這下其他四女都閉上嘴，看著奇雅，奇雅口中說得輕鬆，但看著沈洛年，似乎仍有兩分尷尬，她咳了咳才說：「洛年，小純說，以前她有個……有個東西，是你給的。」

「什麼東西？」沈洛年還是不明白。

「那個……」奇雅窒了窒才說：「生理用品。」

「啊。」沈洛年這才醒悟，有點尷尬地看著狄純說：「怎樣了？不好嗎？我當時是應急……」

「不是啦。」狄純聲如蚊蚋地說：「我上次用完了……所以來問小睿姊她們都怎麼……」

「別說了。」瑪蓮苦著臉打斷說：「我們現在的辦法好麻煩。」

「聽小純說起來好像不錯，我們也想試試……」奇雅接口說：「可以教我們嗎？那種東西好不好找？」

沈洛年總算明白了，抓抓頭說：「等我一下。」一面轉身到一旁，又開始喃喃自語。

「洛年又在算命了。」吳配睿好奇地說：「這不知道能不能學？」

「他會的都不肯教。」瑪蓮也很羨慕，嘖嘖說：「不然我就算算哪邊有妖怪肉可以吃。」

「小純，那眞是植物做的嗎？」葉瑋珊則對狄純低聲問：「那植物長怎樣？不會很奇怪吧？」

「好像是有妖炁的植物。」狄純有點不好意思地說：「洛年弄好才拿給我，我不知道長怎樣……」

突然間，沈洛年也沒打招呼，就這麼往外飄身，鑽到不遠處的森林中，也不知道是不是去找東西了，葉瑋珊一怔說：「他怎麼跑了？」

「可能去找『那東西』了吧？」吳配睿說。

「總不能每次都要他找啊。」葉瑋珊好氣又好笑地說：「該教我們那植物的長相、生長的位置、還有怎麼製作成『那東西』才對。」

「總是那東西、那東西的很麻煩，取個名字吧。」瑪蓮摸摸身上的洛年之鏡，舉一反三地說：「既然也是洛年做的……那……洛年之條？」

眾人一愣，三秒過後，其他四個女孩臉龐同時泛紅，吳配睿首先抗議般地叫了一聲，奇雅更忍不住罵：「什麼爛名字？妳在想什麼啊？」

「怎麼？不好嗎？」瑪蓮還沒想通，一臉無辜。

「取這種名字，怎……怎好拿來用？」葉瑋珊低聲埋怨。

「靠！對喔。」瑪蓮想起用途，也覺得不對，忍不住臉也紅了起來。

片刻後，沈洛年飄了回來，手上捧著一大束從土裡挖出的完整木質莖蕨狀物，沈洛年一面說：「弄個盆子種起來吧！這很容易生長，一根多莖，只要早晚澆水就可以繁殖，取用時不要完全截斷……咦，妳們幹嘛？」卻是看到五個女孩臉都紅著，避著自己目光。

「跟我說吧。」奇雅鎮定下來，搖搖頭走近，但一看沈洛年的臉，想到剛剛那「爛名字」

她終於忍不住掩嘴扭頭笑出聲來。

奇雅這一笑，幾個女孩再也忍不住，一起嘻嘻哈哈笑成一團，沈洛年莫名其妙地說：「又怎樣了？」

剛剛那爛名字，這輩子可都不能說出去……五個女孩對望了一眼，一起忍笑搖頭，其實生理本是正常現象，這兩個月來，沈洛年在團隊中也有點像是醫生的存在，笑著笑著眾人也不顧忌了，當下都擠了過來，聽沈洛年講解這植物的特性。

剛講沒兩句，沈洛年突然一怔，把那株植物塞到狄純手中，一面說：「寓鼠又來了，這次多了幾隻。」

眾人一愣，紛紛往前奔，和賴一心等人會合，大夥兒雖不特別聚起炁息，但隱隱結成了陣勢，以免對方翻臉時猝不及防，葉瑋珊記得沈洛年說過寓鼠可以使用語言，於是順便叫出輕疾站在自己肩頭，這才讓眾人停下。

隨著白宗眾人的匯聚，森林外側也出現了七、八隻黃色的寓鼠，其中有隻體型最小、約莫只有二十餘公分高的小寓鼠，站在眾寓鼠前方，竟彷彿是領導者。

剛剛除了葉瑋珊與沈洛年，其他人都沒看到寓鼠，這時一看，吳配睿忍不住低聲說：「好可愛……這小妖怪眞有這麼強嗎？」

那爲首的小寓鼠，突然吱吱叫了好幾聲，葉瑋珊肩上的輕疾隨即說：「我們是寓鼠族！人類，是你們擊退山魈的嗎？」

葉瑋珊望了望沈洛年，這才開口說：「對。」

寓鼠似乎難以置信，交頭接耳地彼此交換著意見。好片刻後，那小寓鼠才又開口說：「你們怎麼做到的？」

雖然說是靠著冰柱加上賴一心的穿刺趕走對方，但追根究柢，還是因爲沈洛年開了一個小口，但誰知道他怎麼辦到的？葉瑋珊看著沈洛年，不知該怎麼回答。

這小寓鼠的強度倒看不大出來……沈洛年見葉瑋珊目光轉來，只好接話說：「你們問這幹嘛？」

小寓鼠想了想才說：「我們想學，想趕走山魈。」

這時後方的共生聯盟注意到前方有變，張士科、陳青已經趕了上來，一看到寓鼠，張士科輕呼一聲說：「果然消息沒錯，是寓鼠族的妖仙。」

他們也知道寓鼠？沈洛年低聲問輕疾：「這裡面有妖仙嗎？」

「寓鼠族除幼兒外，強者體型會隨修煉減小。」輕疾回答：「是不是妖仙不一定。」

沈洛年見寓鼠的目光緊盯著眾人等待回答，開口說：「你們知道玄界凍靈嗎？」

小寓鼠遲疑了一下才說：「你們用凍靈咒術趕走山魈？」

他怎麼有點失望？沈洛年說：「不全然如此，但以你們的妖炁強度來說，若有好幾位同時使用凍靈，山魈應該抵擋不住。」

「咒術我們不會。」寓鼠似乎有點洩氣。

張士科突然開口喊：「在下張士科，可否請問道號？」同時也喚出了一隻輕疾。

他也有輕疾？白宗眾人與沈洛年不禁有點意外，但轉念一想，為了打聽消息，共聯死了近千人，想必也有遇到善良的妖怪，獲得輕疾倒也合理。

張士科這一喊，小寓鼠目光轉了過去，望著他說：「道號——翔彩。」

果然是妖仙，沈洛年上下看了看寓鼠翔彩，頗不明白他把龐大的妖炁藏到哪兒去了。

張士科接著說：「聽說寓鼠一族在東北方的山谷中建基定居，昨日我等本想入谷拜望，卻在谷外遇上山魈……原來諸位也受山魈所困？」

翔彩那小小的頭轉了轉，開口說：「寓鼠族此時不便待客，現有三對雙生山魈糾纏我族，我也需盡快回去。」

「且慢……也許我們可以幫忙？」張士科說到後半句，一面望向葉瑋珊。

這算什麼？慷他人之慨？會死人的耶！張志文瞪眼說：「你們共生聯盟去幫吧，不送！再見！」

共生聯盟自然幫不上忙，去了只能送心臟給山魈吃而已，張士科不禁有點尷尬地說：「寓鼠族待人和善、與世無爭，是很善良的妖獸族，白宗諸位既能逼退山魈，何不仗義出手？」

葉瑋珊沉吟片刻，搖搖頭，委婉地說：「張盟主，我也很想幫他們，但是我們那次趕走山魈，其實靠的是運氣，並不是靠實力，若不是剛好讓他受了點傷……」

「受傷？」翔彩突然有點激動地叫了起來：「你們讓他受傷了？真的？傷在哪兒？」

葉瑋珊一怔，想了想才說：「右首的右後頸。」

「難怪那隻昨晚都沒出現！快回去通知，先找出那對山魈！」翔彩對著身旁的寓鼠下令，馬上兩隻寓鼠蹦起展翅，如閃電一般地往東北飛去。

眾人都愣了，不知道區區一個小傷口，怎會讓翔彩這麼高興？卻見翔彩下令之後，回頭看著葉瑋珊和沈洛年說：「凍靈咒術並不能使山魈受傷，你們如何能突破山魈的『炎炁結膚』？若願意告訴我們，我們就能除去山魈。」

那是什麼複雜名稱？沈洛年皺眉說：「有個小傷口就行了嗎？」

「正是。」翔彩說：「只要有傷，就有機會突破。」

葉瑋珊和沈洛年對看一眼，都有點為難，沈洛年確實能讓山魈受傷，但他昨天也正是因此躺下……萬一山魈昨天那一爪擦過的是腦袋，沒炁息護體的沈洛年，可是會當場斃命，一點掙扎的餘地都沒有。

翔彩見兩人不答，又說：「我族已有近千人死於山魈之手，若能幫助我們除滅山魈，寓鼠全族感恩，一定不會忘記。」

「我可以請問嗎？他們爲什麼攻擊你們？」賴一心突然插口。

翔彩聽到這些人類有辦法傷了山魈，這下又不急著走了，他目光掃過眾人說：「渾沌原息初起之際，海中息壤暴漲，我族重返人界，渡海遷來此處，合力以妖炁凝定土塊，聚集了約半里寬的土地，不使爆散……」

「聚集了息壤幹嘛？」賴一心迷惑地說：「渾沌原息又是什麼？」

「就是道息。」沈洛年解釋：「他指的是四二九，息壤土爆增那時候。」

「固定息壤、不使爆散，可維持吸引渾沌原息的能力，一來居住舒適，二來修煉容易。」翔彩接著說：「這島上這樣的妖族十分多，有些強大妖族甚至在島內凝聚了十餘里寬的息壤土，都能維持爆散前的吸聚力。」

眾人這下都聽明白了，這不就是固定型、大範圍的「洛年之鏡」嗎？不過效果若只和當初的噩盡島一樣，那可遠不如洛年之鏡的功效。

翔彩看看眾人的表情，接著又說：「山魈不久前來到人間，知道此事後，便想強佔我族居所，我族不怕別的妖怪，但這種全力修煉皮毛的妖獸，我們實在不擅應對……」

「山魈應該也拿你們沒辦法吧？」賴一心詫異地說：「山魈移動雖快，但手腳動作卻僵硬，剛剛看那幾位的飛行又快、又靈巧，山魈應該抓不到才對，怎會死了千多人？」

「山魈拿我們沒辦法，但抓得到我們子孫啊……」翔彩沉重地說：「雖然堅持了一段時間，但子孫卻不斷地死亡……也許……也許為了後代，我們終究得撤離這個地方……」

「原來如此，那些山魈也太過分了！」賴一心一挺黑矛說：「我去幫你們！」

「一心？」葉瑋珊驚呼一聲。

「一心去我也去！」瑪蓮跟著喊。

「阿姊？」張志文臉也苦了起來。

翔彩那圓圓的眼睛發亮，透出興奮的神采說：「你們打得傷山魈，若是願意幫忙，那就太好了。」

「這……」賴一心尷尬地笑了笑說：「我其實也打不傷山魈。」一面偷瞄了沈洛年一眼。

「那……你們當初怎麼辦到的？」翔彩隨著賴一心的目光，看了看沈洛年，但他眼中的沈洛年沒有半絲炁息，自然看不出所以然來。

沈洛年卻是大皺眉頭，懷眞總叫自己離這傢伙遠點，果然大有道理，他考慮著現在的狀況，依然沒有吭聲。

這時張志文拉著瑪蓮低聲說：「阿姊？很危險耶。」

「怕危險，你在這等啊。」瑪蓮回頭說。

「阿姊去我怎麼可以不去？」張志文乾脆拖人下水：「我們白宗是一體的，大家都得去。」

「那你就少囉唆。」瑪蓮好笑地說。

「我去就好了啦！」賴一心笑說：「大家都去也沒用啊，還有寓鼠們幫忙，放心。」

「我陪一心去吧。」黃宗儒說：「有寓鼠幫忙，至少可以休息回炁，只要炁足，我倒不怕山魈。」

「我的冰柱可以幫點忙。」奇雅說：「我也去。」

「奇雅去我當然要去。」瑪蓮想想說：「而且宗長沒去，妳冰柱也打不到啊？」

這麼一來不就又得全去了？眾人不禁都轉頭看著葉瑋珊，見葉瑋珊一直沒說話，黃宗儒輕喊了一聲：「宗長？」

葉瑋珊也十分爲難，但是誰又攔得住賴一心？他去的話，自己非跟去不可……那還不是又把沈洛年拖去了？那種妖怪對沈洛年來說太過危險……自己違背了懷眞的囑咐，讓沈洛年一起行動，已經很不應該，怎麼還能把他推入險境？

沈洛年望著葉瑋珊那皺起的眉頭，倒也不難猜出她正煩惱什麼，沈洛年輕吁出一口氣說：「我去就好，你們別去。」

「洛年？」眾人都叫了出來，葉瑋珊臉色也變了，一把抓著沈洛年的手臂。

「你們都留著。」沈洛年輕輕推開葉瑋珊的手，轉頭對翔彩說：「我跟你去。」

翔彩疑惑地看著沈洛年說：「你也是修行者嗎？你有辦法打傷山魈？」

「可以。」沈洛年點頭。

「洛年，我也一起去吧？」賴一心喊。

「你去幹嘛？」沈洛年沒好氣地說。

「我去戳眼睛，說不定會戳到。」賴一心說。

「山魈和我族戰鬥，三層眼瞼都是閉上的。」翔彩說。

那妖怪有三層眼瞼？賴一心一愣間，沈洛年已板起臉說：「你一去白宗又全去了，死光怎辦？這十幾萬人又不管了嗎？」

賴一心張了張嘴，說不出話來，只好摸摸鼻子閉上嘴。

狄純忍不住說：「洛年，我……我……」

沈洛年轉頭瞪眼說：「妳更不准去！」

狄純嘴一癟，眼眶又紅了起來。

沈洛年望了葉瑋珊一眼，見她正臉色蒼白地看著自己、欲言又止，沈洛年搖搖頭，腳底下黑雲湧現，凱布利妖炁充盈，帶著他身軀飄起，他轉頭對翔彩說：「我跟你們去，走吧。」

翔彩感應到凱布利的淡淡妖炁，仍有點錯愕地說：「你……眞的可以嗎？」

「試試。」沈洛年身影倏然消失，下一剎那，他已經凝立在十餘公尺外的森林外緣，彷彿沒動過一般，正回頭說：「你們帶路。」

「咦？」翔彩驚呼一聲，眾寓鼠躍起展翅，御炁飛騰，如閃電一般，同時朝森林中飛去。沈洛年也不遲疑，身形一陣閃動，只見好幾個淡淡虛影倏然出現倏然消失，就這麼往林間冉冉隱去，沒幾秒鐘，寓鼠和沈洛年都消失不見。

昨日沈洛年剛上去就被打倒，所以這還是張士科與陳青第一次見識沈洛年的挪移功夫，兩人不禁張大嘴，說不出話來。過了片刻，張士科才回神說：「怎會是沈先生去……昨天他不是一下就受傷了？」

他這話一說，一下子好幾個白眼扔了過來，最後葉瑋珊才說：「山魈就是在那一瞬間，被洛年所傷……若不是洛年冒險出手，我們根本趕不走山魈。」

原來這似沒炁息的胡宗小子如此厲害？張士科和陳青兩人睜大眼對看，都有點難以置信。

「瑋珊？」賴一心看葉瑋珊愁眉深鎖，走近說：「別擔心，洛年不會有事的。」

「希望如此。」葉瑋珊望著山林，黯然說：「否則……我實在沒臉見懷眞姊，他們已經幫我們太多了。」

聽到這話，眾人頭都低了下來，當下大家也不趕路了，就這麼在林緣旁佇立，等待著沈洛年回返。

□

另一面，入林中追著寓鼠的沈洛年，對寓鼠的速度卻也頗有些驚訝。

寓鼠的妖炁似乎也是走輕訣一路，加上體細質輕、妖炁強大，展翅飛行時的速度，比張志文、侯添良全力奔掠都還快上不少，沈洛年本該追不上，但在密林之中飛行，轉向閃避樹幹的次數自然不少，而每一次改變方向，難免需要減速、加速，轉折間彷彿無視物理定律的沈洛年，就在這一刹那突然追近，寓鼠群卻也甩不脫他。

雖說為首的翔彩並沒有全力以赴，但跟他來的幾隻寓鼠也算是寓鼠族戰士中的佼佼者，見這種速度下沈洛年仍能尾隨，翔彩雖不明白沈洛年的能力從何而來，對他的印象已完全改觀。

飄出了數十里，接近了一處谷地，寓鼠們速度慢了下來，前面兩隻寓鼠突然由林間鑽出，吱吱低聲說：「找到那隻了！」

「打起來了嗎？先帶我們去。」翔彩目光一亮說。

當下眾人方位一轉，向著另一個方向快速飄掠，沈洛年隨著寓鼠們繞過了數公里的森林，突然眼前出現了一片林間空地，千餘隻大小寓鼠，分成好幾群，整整齊齊地排列著站定，彷彿訓練有素的部隊。

這是怎麼回事？沈洛年目光一轉，卻見空地中間，躺著昨日那隻雙生山魈，原本黏合的部位已經分開，顯現出一片平板般的無毛光截面，也不知道之前是怎麼樣緊緊吸附在一起的。

兩隻山魈中，其中一隻脖子被切割過半，似乎正是從自己當初劃開的那傷口不斷擴大而成，而另一隻山魈，那裸露出的光潔部位卻整片被挖開，內臟一片混亂，血灑遍地，已經斷氣。

林邊不遠處，有數十隻寓鼠的屍骸堆在一起，看來是這一戰所犧牲的寓鼠。

翔彩帶著沈洛年落下，好幾隻一樣嬌小的小寓鼠掠了過來，速度極快地吱吱叫個不停，兩方說話都快，翔彩一面指指沈洛年，一面又吱吱嚷了回去。

沈洛年等了片刻，見輕疾不吭聲，詫異地低聲說：「怎麼不翻譯？」

「說得太快了，來不及翻。」輕疾說：「寓鼠彼此之間溝通，說話速度很快，他剛剛是爲了讓你們使用輕疾翻譯，才刻意放慢說話速度……簡單來說，翔彩主要解釋剛剛和你們談的事，另一群則搶著說和山魈戰鬥的戰況。」

這時翔彩和那些寓鼠似乎討論完畢，一批批寓鼠隊伍分別解散往外飛，翔彩帶著幾隻寓鼠也跳了回來，他仰望著沈洛年說：「那傷口是你造成的？因爲有傷口，破了『炎炁結膚』的效果，我們就可以把他頭割斷！」

「喔？」沈洛年點點頭說：「另外一隻呢？怎麼死的？」

「雙生山魈之間，以力互吸，其中一隻死了之後就會失效分開。」翔彩快速地說：「而內側皮膚軟嫩，並沒有『炎炁結膚』的防禦能力，很容易就可以殺死。」

沈洛年表情有點古怪，愣了愣才說：「恭喜你們。」

「我這就帶你去找另外兩隻。」翔彩喜悅地說：「我們的族人會準備好，協助你出手。」

「走吧。」沈洛年聳聳肩，又隨著翔彩往原先的山谷飛，而那一批批寓鼠，果然分散在前後不遠處，隨著沈洛年這批人行動。

在林間飛繞的同時，沈洛年目光一轉突然低聲說：「輕疾……他一直說『閹去姊夫』……那是啥？我剛在海邊就聽不懂了，是聽錯了嗎？」

「炎炁結膚——炎靈之力與本身之炁高度凝結於皮膚表層。」輕疾說：「山魈以這種法門，配合著堅硬如金石的皮膚肌肉，達到很強大的防禦外傷效果，很適合對付攻擊方式偏向輕快銳利的寓鼠，但相對的，皮膚一破，這護身法也破了。」

原來如此……沈洛年說：「也就是說，如果有個很強的妖怪重重對他打下去，就算表面不傷，也會內傷囉？」

「這是非法問題。」輕疾說。

「呿。」沈洛年哼了一聲說：「既然是炎靈的功夫，瑋珊怎不會？」

「炎靈、凍靈都可以這樣運用，不過你那兩位朋友炁息量太少，達不到這種效果。」輕疾頓了頓又說：「她們皮膚和體質，也遠不如山魈的強度，不適合模仿這種法門。」

也對，葉瑋珊那水嫩嫩、白裡透紅的皮膚，要是和山魈一樣，那可倒胃口了……媽的！倒胃口又怎樣，又輪不到自己！沈洛年搖搖頭，把葉瑋珊的倩影從腦海中甩開，嘆了一口氣，心中暗罵……臭狐狸啊臭狐狸，妳最好快點出關，否則別怪我忘了妳。

沈洛年隨著翔彩等寓鼠，又竄回了剛剛那個谷地外緣。翔彩停了下來，回頭對沈洛年說：

「我們的土地在谷內，剩下的兩隻山魈應該就在谷口不遠，他們只要心血來潮，就進谷胡鬧、殺人，你要我們怎麼配合？要我們待命，還是要我族派人先搜出他們？」

沈洛年想了想說：「妖炁的感應，你和山魈誰比較靈敏？」

「山魈比我們強。」翔彩頓了頓說：「他五十步外就可以發現我，我要到三十步內才能察覺……更年輕的寓鼠，就差更遠。」

這也有道理，翔彩雖然是妖仙，但妖炁仍不如山魈；寓鼠和山魈作戰，靠的是人海戰術，可不是一對一拚鬥。沈洛年沉吟片刻說：「你讓大部分族人在周圍等候，我跟你進去找。」

「你可以提前發現山魈？」翔彩有點意外。

「百步左右。」沈洛年說。

「當眞？」翔彩有些懷疑地說。

「就算騙你，死的還不是我？」沈洛年翻白眼說。

這倒也是，翔彩身爲妖仙，雖然打不過山魈，總是逃得掉的，但若沈洛年其實只是廢物，死的當然是他，翔彩不再多說，要周圍的寓鼠把消息傳了出去。

沈洛年當下把凱布利收起，點地往內飄，這樣速度雖然稍慢，卻也慢不了多少，這一人一鼠往內搜進了片刻，沈洛年突然停了下來，往北一指低聲說：「那兒，百步外，有一對。」

翔彩看了看沈洛年，雖仍半信半疑，卻也有點高興。

「你讓族人在周圍這附近聚集等候。」沈洛年拔出金犀匕，低聲說：「我先動手，你們感覺到對方的妖炁發出，再來幫忙。」

「好！」翔彩點頭。

「別拖太久了。」沈洛年瞪眼說：「我可打不過山魈。」

「你能傷了他，怎會打不過他？」翔彩迷惑地說：「就算打得贏山魈的妖族，也未必能讓山魈受外傷。」

「我其實很弱。」沈洛年說：「相信我。」

這翔彩倒不覺得意外，他從不覺得沈洛年強，他上下看看沈洛年，目光轉到金犀匕上說：「難道這是什麼特殊武器？不像啊。」

這匕首確實是神兵，可惜自己不會用……沈洛年苦笑搖搖頭說：「別問了，我去了。」

「好，我去叫族人準備。」當下沈洛年往北，翔彩往南，分向兩個方位掠去。

沈洛年一面飄一面思索，自己的速度可不能太快，萬一寓鼠還沒集結就和山魈槓上，打著打著又被山魈掃到可就糟了，那傢伙手上帶著炎靈之力，燙得傷口闔不攏，痛得要命……可沒法撐著傷口繼續打。

於是沈洛年拖了約莫兩分鐘，這才一面繞到下風，一面向著山魈的炁息那兒飄，大約在距離三十步左右的時候，沈洛年在樹梢間，看到山魈的身影。

這隻雙生山魈和之前那隻山魈看起來差不多，肩膀上那兩顆腦袋正四面張望著，鼻子不斷聞嗅著，彷彿感覺到什麼不對勁的味道，正在尋找。

因爲自己身上的體味嗎？下次要問問輕疾，看看有沒有辦法解決，一堆妖怪鼻子都靈得跟狗一樣，打起架來實在吃虧。

而這山魈兩顆頭到處看，沒有死角，也不能偷偷欺近……沈洛年正困擾，心念一轉，摸出了牛精旗，迎風一招，白霧滾滾而出，往外散了開來。

卻是不知爲什麼，這兒雖然是密林區，山魈卻特別選了一個空曠的地方休息，這樣一來，牛精旗說不定有用。沈洛年靠著白霧籠罩，軀體輕如飄羽，踏著無聲步往那兒掠去，而那滾滾而出的白霧，也就彷彿活物一般，對著山魈撲去。

白霧一出，山魈立即提高了警覺，他望著白霧對自己湧來，連退了三步，突然發現白霧不知怎麼一繞，四面八方都是，他妖炁一漲，正想往空中飛掠，突然身後微微一下刺痛，他怪叫一聲，飛起前手臂往後急撈，卻什麼都沒撈到。

百步距離，對寓鼠來說只是一瞬間事，兩方這一接觸，周圍妖炁立即爆起，千餘寓鼠紛紛飛空撲來，沈洛年一面急退收旗，一面叫：「傷口在背後。」

卻是沈洛年這次學乖了，刺進去會被肌肉夾住，割削過去總可以吧？反正只要破皮，寓鼠們就有攻擊的地方。沈洛年剛剛那一個偷襲，在山魈身後切開個寬約五公分的破皮裂口，肌理只切開了一點點。

山魈這時還在空中，他妖炁大漲，怪叫聲中，突然用一手緊緊壓住了背後那傷口，一面閉上眼睛，御炁往那還沒完全散開的白霧中急落。

沈洛年這時突然明白山魈爲什麼選空曠的地面，寓鼠飛行轉折之快天下少見，在密林中和寓鼠群戰鬥，必定大大吃虧，何況山魈本身動作僵硬，更不適合障礙多的地方。

不過他既然用手擋住了……那該怎辦？難道自己還要再去開兩個口子？

沈洛年遲疑間，白霧尚未飄散，聽見沈洛年呼喊的寓鼠群們，突然在空中編隊，只見寓鼠分成數十條不同的隊伍，每一隊數十隻寓鼠，都是一隻緊跟著一隻飛行，領頭的通常是較嬌小、妖炁強大的寓鼠，他們在前方御炁破空，帶著後方的寓鼠展翅，一隊隊不斷交錯騰挪，彷彿幾十條正在空中進行花式表演的飛行部隊。

這一道道黃色的閃電在空中高速穿插飛繞，帶出的勁風急捲，不消兩秒，白霧四面捲飛、完全消失，寓鼠們相準了方向，朝空地中閉著眼睛的山魈衝了過去。

沈洛年不禁張大嘴巴，這牛精旗果然對付不了強大的妖怪，這些寓鼠隨便一衝，帶起來的勁風馬上把霧颸得乾乾淨淨，就算不提寓鼠，山魈剛剛的高躍飛騰，也是破解之法，看來這旗子只能帶回東方高原，欺負鑿齒的時候用用。

山魈面對寓鼠不敢睜眼，他左掌壓著背後傷口，右掌鋼爪急揮，猛抓飛近的寓鼠。沈洛年看得正緊張，卻見一串寓鼠揮翅對著山魈背後的左手臂撞，一連串砰砰砰砰的急響，兩方妖炁連續衝突，一串過去又是一串，彷彿找死一般，就這麼直撞山魈那硬邦邦、帶著炎炁的手臂。

彷彿連珠鞭炮炸響的同時，雖然不少寓鼠撞得頭昏腦脹、摔滾落地，但只不過幾秒的工夫，那緊緊壓著傷口的左臂，就這麼被銜接不停的寓鼠們硬生生撞開，此時另外一串寓鼠適時趕至，他們御炁於翅，彷彿一片片銳利的刀片，一刀接一刀地對著那小小的傷口切割，在山魈好不容易扭身滾開，用另一手擋住傷勢之前，那本來只有五公分的傷口，已經擴大了兩倍，深可見骨。

原來寓鼠是這麼打的？難怪不怕對方擋住傷口……眼看寓鼠群又衝了下去，只要再來回幾趟，這山魈非死不可，沈洛年正放寬心的時候，突然西方不遠處另一股強大妖炁爆起，一道勁風夾帶著龐然妖炁對著這兒衝，幾個騰挪間已閃入場中，正是另外一對山魈。

ISLAND
分身術、隱身術

第二對山魈衝入場中時，先一對山魈背後血槽又被寓鼠們切削了一次，傷口切入骨中，臟腑隱約可見。

眼看再過幾趟，山魈遮也遮不住傷口，就要倒地，但另一對山魈一欺入場中，兩對山魈的背後突然貼在一起，彷彿變成個四頭四手的巨人，那好不容易切開拉大的傷口，卻看不到了。

而這麼一來，先一對山魈的雙手終於可以自由活動，他們四條手臂四面亂抓，逮到寓鼠就直接一拗，捏斷頸骨往下扔，寓鼠雖仍不斷攻擊，但攻擊其他部位，卻怎麼切也切不進去，也不可能藉著撞擊的力道把這兩對山魈的巨體分開，當下寓鼠又落下風。

沈洛年也暗暗發急，要叫寓鼠撤退嗎？但山魈已經有了經驗，下次未必能偷襲成功……如果要趁寓鼠攻擊的同時出手，應該就是這種時候了，否則下次不就又要害死一批寓鼠？

沈洛年望著兩方的動作，山魈因爲四隻黏在一起，不易移動，動作還不算太快，寓鼠卻是如同電閃，數量又多，就算啓動了時間能力，也只能勉強看清他們的動作，想趁隙穿入幾乎是不可能……

「人類！」翔彩驚呼地衝來喊：「沒傷口了，多切一個？」

「等等。」沈洛年腦海中靈光一閃，過去時間能力提高到這種程度，自己腦袋就快受不了了，但這三個月鍛鍊精智力似乎確實頗有幫助，好像沒這麼難過……那是不是意味著還能更提高時間變慢的程度？

一念既動，心隨行之，下一剎那，沈洛年眼前的寓鼠飛行漸漸變慢，但這樣還不夠……要在這種速度下切入，還得看得更清楚才行……沈洛年集中著心力，全部心神都放在寓鼠的飛行軌跡上，終於，眼前寓鼠飛行的動作，漸漸變成慢動作一般，沈洛年的頭也跟著脹熱、發疼起來。

沈洛年心中微驚，這種狀態可支持不久，他不再考慮，心神放空，踩著凱布利、拿著金犀匕，對著那近千隻寓鼠造成的包圍圈衝了過去。

翔彩大吃一驚，眼前的千隻寓鼠，就等於在空中高速飛行的兩千把刀刃，寓鼠能這麼飛行轉折不彼此碰撞，除了靠高速反應、固定路線之外，還靠著千百年來的練習與默契，也不是每隻寓鼠都能辦到，近萬寓鼠中，也只有這千餘名有資格，一個人類這麼衝進去豈不是送死？

但寓鼠陣勢已經組成，若因爲沈洛年而臨時變化，反而會造成彼此衝撞傷亡，所以也沒有人理會，只照著原來的路線飛旋，砍到也沒辦法。

就在這時，卻見沈洛年全身包著淡淡妖炁，化成數十條鬼魅般虛影，在寓鼠一排排翅刀間閃入，就這麼衝到了山魈面前。山魈們這時四顆腦袋八隻眼睛都閉著，只靠妖炁感應周圍的狀態，但沈洛年妖炁遠不如寓鼠，在這千隻寓鼠的包圍圈中一點也不起眼，山魈渾然不知沈洛年近在眼前，仍到處亂抓著接近的寓鼠。

沈洛年閃入的瞬間，寓鼠來不及反應，但過了這幾秒，領隊的寓鼠們都發現沈洛年已無聲無息地飄入陣中，他們駭異之餘，紛紛帶隊往外繞，不敢貿然接近，下一瞬間，山魈周圍倏然一空。

發現周圍的寓鼠妖炁突然遠離，山魈一怔之間，也停下了動作，感應著周圍的妖炁，準備應變。

沈洛年自從學會使凱布利妖炁提升的法門之後，移動速度就大幅提升，他身軀輕若無物，極速限制雖仍決定於風阻，但近距離中騰挪閃避、扭轉換位，卻主要受限於自己的反應速度，既然時間能力陡然提升，他旋動速度再度變快，只見他一瞬間旋身急繞，推刀急刺，在山魈放聲大叫的同時，沈洛年已經往外急退，幾個閃動間，又飄出了寓鼠的刀翅圈。

沈洛年退出圈外，躲到樹後，馬上解除時間能力，抱著頭蹲了下來……媽的！這種用腦法好傷，可比以前都還痛。

「怎麼了？」翔彩慌張地大喊。

「眼睛。」沈洛年皺眉說。

「眼睛？」翔彩一愣。

沈洛年頭疼欲裂，指指場中，又說了一次：「眼睛！別跟我說話！」

這古怪的人類還挺凶的？翔彩正冒火，卻聽到場中許多寓鼠歡喜地叫了出來，他轉頭一看，卻見場中的寓鼠已改變了戰術，一串串對著四隻山魈的眼睛衝去，卻是沈洛年剛剛一個急繞連刺，把每隻山魈的左目都刺了一個大洞……那三層眼瞼下當然沒肌肉，不用擔心金犀匕被夾，對方既然閉著眼睛發愣，不戳那兒戳哪兒？

翔彩高興得吱吱亂叫，也不再打擾沈洛年，跟著飛去排隊打落水狗。而山魈一下子被開了四個洞，只能用手遮著逃命，但他們身上揹著千多條寓鼠性命，寓鼠哪會放過他們？當下一路圍攻，兩方一打一逃，轉眼消失了蹤影。

沈洛年一個人靠在樹下休息了片刻，差點昏睡過去，半睡半醒間，他突然想起葉瑋珊等人，自己若在這兒睡著，他們恐怕會擔心地找了進來……沈洛年打起精神，也不等翔彩回返，就這麼半閉著眼睛，往海邊飄出去。

沈洛年從林中一鑽出來，眾人大喜之餘連忙圍了上去，每個人都爭著說話，但沈洛年頭還在痛，根本沒精神應付，也搞不清楚大夥兒吵些什麼，他只扶著腦袋說：「我頭痛，要睡覺。」

白宗眾人倒不意外，沈洛年也不是第一次頭痛，只不過很久沒見他喊了……看來剛剛沈洛年確實有出手，卻不知道有沒有順利傷了山魈？

不過這時不是問的時候，鬆了一口氣的葉瑋珊，扶著沈洛年說：「沒事就好，先休息吧。」

「小純。」沈洛年放大了凱布利，一面說：「氣球。」

「好。」狄純卻沒看過沈洛年頭痛，有點擔心地拿出細繩，一面問：「還好嗎？」

「睡睡就好。」沈洛年綁妥了凱布利的腳，旋即鑽入其中橫躺，就這麼讓狄純牽引著，呼呼大睡。

□

不知道過了多久，沈洛年在睡夢中醒來。

這次似乎睡得特別飽？在凱布利的一片漆黑中，沈洛年伸了伸懶腰，從懷中取出一物，貼在左上方的凱布利內側表面。下一瞬間，這片黑影中漸放光明，彷彿點了一盞緩緩亮起的白熾燈泡。

那個貼上凱布利表面的物體，就是當初獵得的小飛梭，沈洛年取了一個帶在身上，只要靠著凱布利的妖炁，就能很方便地取得光亮，雖然凱布利本身吸光能力太強，光線無法靠著周圍壁面反射，但至少一般視物沒有問題。

沈洛年坐起身來，逐漸清醒的同時，卻不禁有些奇怪，一般來說，狄純帶著自己移動，通常都會因爲移動和風吹，微微地搖晃著，偶爾還會聽到她和吳配睿、瑪蓮等人的對話聲，怎麼這時凱布利卻似乎動也不動，除了南側傳來的海浪聲外，幾乎沒聽到什麼其他的聲音。

這是怎麼回事？沈洛年心念一動，頭往下探，想鑽出凱布利張望，沒想到剛往外一探，卻砰地撞上一片沙土，沈洛年一愣，收起飛梭，身子往上飄，這才順利地鑽出了凱布利。

仔細一看，原來凱布利正被兩塊大石壓在海邊，白宗眾人隔著幾十公尺遠，正圍坐著閒聊。

這兒是哪兒？沈洛年四面張望，似乎已經離開原來地方有一段距離……怪了，天也沒黑，他們怎麼不走了？

沈洛年正東張西望，白宗眾人也發現沈洛年醒來，紛紛笑著招手，狄純更迅速地起身奔了過來，高興地叫：「洛年，你沒事了？頭不痛了？」

「沒事了。」沈洛年收起被石頭壓著的凱布利，一面說：「怎麼沒走了？」

「宗長說一直搖應該不好睡。」狄純微笑說：「我們就先跑了二十公里遠，然後固定著等你睡醒。」

二十公里？沈洛年說：「我睡了多久？大隊還沒追上來？」

「三小時左右。」狄純搖頭笑說：「大隊至少還要一個小時吧。」

「喔……」沈洛年想想突然說：「對了，那個植物呢？剛剛我還沒說完。」

提到那東西，狄純就有點不好意思，她臉龐微紅地說：「我們找了個盆子種了起來，先放在大隊那兒……」

「妳不是說用光了嗎？」沈洛年問：「要不要我先做一些？」

「還……還有十幾天啦。」狄純紅著臉說：「我只是突然想到，就先問小睿姊而已。」

「喔，那就好。」沈洛年尷尬地乾笑兩聲，不知道該怎麼接下去。

狄純搖搖頭，拉了拉沈洛年袖子說：「這不急，有客人等你，我們過去吧？」

「客人？」沈洛年往那兒望，除了白宗眾人之外，卻誰也沒看見，詫異地說：「誰？沒人啊。」

「那個可愛的寓鼠啊，翔彩。」狄純微笑說：「他等你兩個多小時了呢。」

「啊？」大概被人擋住了，沈洛年點頭說：「過去看看。」

走近一看，果然寓鼠翔彩正在人堆中，和葉瑋珊等人藉著輕疾說話，看沈洛年接近，他站直身子，前足合起，做出彷彿拱手的動作，行禮說：「洛年先生。」

怎麼突然客氣起來？大概因爲有幫上忙吧？沈洛年走近說：「聽說你來很久了？抱歉，我剛頭痛休息。」

「無妨，我是前來致謝的。」翔彩說：「山魈均已剷除，洛年先生的大恩，寓鼠全族同感，不知該如何答謝？」

沈洛年搖頭說：「不用謝了。」

「這可不行。」翔彩說：「我族長者商議，想送洛年先生一對天仙飛翼，不知道洛年先生覺得如何？」

沈洛年詫異地問：「那是什麼？」若是裝上可以飛很快，拿來玩玩倒不錯。

「寓鼠的精氣、妖炁都煉在這一對翅膀上。」翔彩動了動身後的長翼，一面說：「我族過去少數幾名修至天仙的先祖，命終之前留下自己精化的一對翅膀供後世瞻仰，對外族來說，該是個很不錯的武器，如果洛年先生用得著，我馬上去取。」

聽到一半，沈洛年就沒勁了，果然又是武器，他搖搖頭說：「我不需要武器。」身上東西越多就越累贅，最好還是別拿。

翔彩愣了愣說：「很多異族妖仙都想盡辦法和我們討呢。我族的天仙飛翼，除金犀之類的神物，很少有武器比得過，洛年先生用的既然是匕首……」

除了金犀？沈洛年不禁有點哭笑不得，自己的武器恰好就是金犀，只不過不能用而已。

「很像匕首嗎？」賴一心突然插口。

「就像我們的翅膀一樣。」翔彩揮了揮他銳利如刀的燕翅說。

「那洛年要是不用，小純挺合適的。」賴一心笑說：「小純缺兩把匕首。」

「我不用，我又不敢打架。」狄純連忙搖頭。

沈洛年看了狄純一眼，想了想說：「翔彩，聽你這麼說，那飛翼對你們寓鼠族來說該是很重要的東西吧？」

「當然，那是祖先遺骸的一部分啊。」翔彩說。

「既然這樣，你們就留著。」沈洛年說。

翔彩一愣，不明白沈洛年的意思。

「我沒做什麼，不想拿別人的寶物。」沈洛年說：「你回去吧。」

翔彩似乎不大能理解沈洛年，迷惑地看了他片刻，這才說：「真的嗎？」

「真的。」沈洛年點了點頭。

翔彩小小的腦袋似乎有點困擾，他轉身想走，又覺得不大對勁，想了想，他突然回頭說：「既然如此，我送你們去東北方吧？」

「啊？」沈洛年一愣。

「你們不是要帶著一大群人類去東北的息壤高地嗎？」翔彩說：「一路上妖族這麼多，你們知道怎麼走安全嗎？」

「呃？不知道。」沈洛年搖頭。

「島上的妖族，我們寓鼠族大部分都認識，打個招呼就不難通過。」翔彩想想又說：「哪兒有凶惡的妖族我們也知道，可以領你們繞走別的路。」

「那就太好了！」賴一心大喜說。

翔彩卻不理會賴一心，只看著沈洛年說：「洛年先生覺得如何？」

「這群人走去至少也要一個多月，不會太麻煩你嗎？」沈洛年說。

「沒問題的！」翔彩似乎挺高興能幫上忙，他想了想又說：「既然要在這兒待上一段時間，一直用輕疾翻譯太耗妖炁，你們妖炁也不多……」說到最後，他突然看著沈洛年身後的狄純，蹦了過去。

狄純本來一直躲在沈洛年身後偷看，沒想到翔彩突然盯著自己，跟著居然跳了過來，狄純有點尷尬，又有點害臊地說：「怎……怎麼了？」

「妳似乎恰好合適。」翔彩看著狄純說：「若沒準備使用的話，『精元』可以給我嗎？」

「什……什麼精元？」狄純詫異地問。

翔彩開口說：「精元就是……」

「等……等一下！」沈洛年連忙喊停。

「洛年先生？」翔彩詫異地回頭。

「這個……」沈洛年尷尬地抓抓頭說：「你想變人是嗎？」

翔彩那顆鼠頭上下點了點說：「這樣才方便使用人語。」

「那……你和小純私下談。」沈洛年咳了一聲說：「別在這兒說。」

「咦？」眾人起了好奇心，張志文問：「爲什麼不能在這兒談？」

「我也要聽！」吳配睿不平地叫。

「對啊、對啊！變人有什麼祕密？」瑪蓮也喊。

「其實別人也可以。」翔彩轉過頭，又要觀察著其他女孩。

「小睿、瑪蓮去聽無所謂。」沈洛年看了張志文一眼說：「男生就別去了。」

似乎是有點古怪的事情，瑪蓮和吳配睿彼此看了看，簇擁著狄純和翔彩，跑到遠處去討論，葉瑋珊眨眨眼也自動跟去了，奇雅本來還沒動，卻被瑪蓮順手拉了過去。張志文見狀不好追問，想了想，一轉話題說：「洛年！剛剛翔彩說你一招就戳壞了四隻山魈的眼睛耶，好厲害。」

還不就是舉起來戳了四下，該算四招吧？沈洛年搖搖頭說：「寓鼠攻擊的時候山魈不敢張眼，剛好方便我偷襲。」

「對啊，洛年沒有炁息，閉著眼的山魈眞是只能挨打。」賴一心想了想，突然說：「洛年，我有個想法。」

「怎麼？」沈洛年說。

「你快速移位的時候，就彷彿分身或消失一樣。」賴一心說：「是有意的嗎？」

什麼叫有意的？沈洛年疑惑地說：「我不明白。」

「我懂了。」賴一心說：「雖然不知道你怎麼辦到的，但是你能很高速地轉折方向，對吧？」

沈洛年點了點頭之後，賴一心又說：「於是就有兩個可能了，一個是你轉折的時候稍微減速，使我們眼中產生好幾個殘像，就像分身術一樣。」

「嗯。」沈洛年點頭說：「這我知道。」

張志文插口說：「那都沒轉折，就不會慢下來，就是消失了嗎？」

「不。」賴一心搖頭說：「都沒轉折，反而會看得很清楚。」

「咦？」張志文詫異地說：「爲什麼？」

「我猜是……」賴一心沉吟說：「眼睛會自動追尋動態物品，把接收到的影像組合起來……所以一直線反而很好判斷下一瞬間的位置，但高速轉折方位的狀況下，影像紛亂，反而無法判斷。」

「這我知道。」沈洛年想起當初被攔腰砍斷的往事，點頭說：「懷眞以前就叫我別跑直線，要不斷改變方向。」

「那消失的時候是怎樣？」侯添良說。

「應該是由慢突然變快吧，凱布利妖炁變大之後，就開始會有這種現象。」賴一心沉吟說：「眼睛適應慢速或者停留的狀態時，洛年突然無預警地高速移動，就會感覺好像憑空消失了，通常都是剛開始移動的那一刹那。」

「有道理。」張志文點頭說：「但是說這幹嘛？洛年又不教我們。」

「不是不教，是沒法教。」沈洛年皺眉說。

「洛年別理他啦。」侯添良笑說：「蚊子只是羨慕而已，你要他說話不酸可難了。」

「嘿嘿。」張志文也笑說：「別在意、別在意，說說而已。」

沈洛年搖搖頭，看著賴一心說：「問這做什麼？」

「我覺得分身術不如隱身術。」賴一心想想又說：「不對，該說更清楚的分身術比較好。」

「嗄？」沈洛年聽不懂。

「試試就知道了。」賴一心突然站起，倒拿黑矛說：「你在我前方高速移動位置。」

「唔？」沈洛年有點意外，想想也無所謂，開口說：「現在開始？」

「嗯。」賴一心點頭，張志文等人也睜大了眼睛，準備看兩人表演。

沈洛年妖炁一催，果然由靜而動的那一瞬間倏然消失，跟著在賴一心面前高速地騰挪閃身，不斷置換方位，漸漸變成彷彿分身術一般的狀態，賴一心目光凝定，看了片刻，突然輕喝一聲說：「小心。」跟著黑矛一閃，彷彿動了一下。

下一瞬間，沈洛年突然在十餘公尺外落下，滿臉詫異地看著賴一心。

「怎樣？怎樣？」張志文等三人看不出所以然來，一個個睜大眼睛和嘴巴，看著兩人的表情。

沈洛年停了幾秒，摸摸胸口說：「我被一心打到了。」

「沒受傷吧？」賴一心走近問。

原來剛剛沈洛年不斷快速換位的途中，賴一心突然抓準了沈洛年準備轉向、減速的一瞬間，黑矛往前急刺，雖然沈洛年這時沒開啓最高層次的時間能力，但賴一心出手那瞬間速度實在太快，他還來不及考慮要不要開啓，就看著對方黑矛倏然點上了自己胸口，又彷彿閃電般地收了回去，沈洛年則習慣性地飛閃十餘公尺，這才停了下來。

「黑矛碰到衣服就收回去了。」沈洛年佩服地說：「你眞厲害。」

「不是我厲害。」賴一心說：「你轉折很快的時候，雖然看到很多分身，但戰鬥時間一長，對方慢慢習慣你的速度，就會發現分身之間還是會有淡淡的虛影，可以讓人感覺到你移動的可能方位，如果再掌握到你的移動習慣距離，就不難猜到你的位置。」

「一心，是你怪胎吧。」侯添良笑說：「我怎麼猜不出來？」

「呃？」賴一心愕然說：「萬一眞遇到這種敵人就很危險了。」

「所以你的意思是……」沈洛年想了想說：「要我每次的移動距離別固定？」

「這也是辦法。」賴一心說：「但更重要的是，適應速度後就容易分辨，比如志文妖化的時候，應該就能看出你的虛影落點。」

「嗯，那時確實看得比較清楚。」張志文千羽引仙的時候，目力確實會大幅提升，他點了點頭，又搖頭說：「可是我出手哪有你這麼快？」

沈洛年目光一轉問：「我該怎麼辦？」

「你每次轉折或不轉折的時候，突然停一下。」賴一心說：「不要一味求快。」

「咦？」不只是沈洛年，幾個人都叫了出來，黃宗儒也不懂了，皺眉說：「這樣不是更危險嗎？」

「一下下就好。」賴一心用黑矛指著地面，畫出各相隔兩公尺的三點說：「你在這三角快速來回，轉折前稍微停一下。」

「停一下？」沈洛年不是很明白。

「完全靜止。」賴一心說：「然後再加速，完全靜止的時間越短越好，但是要眞的停下。」

「喔？」沈洛年聳聳肩，照著賴一心的指示做。

不過繞了幾圈，張志文等人突然咦咦啊啊、大驚小怪地叫了起來，沈洛年一愣停下說：「怎麼了？」

「分身術！眞的分身術！」張志文瞪大眼，突然聚集炁息，千羽仙化，展開翅膀、瞪大那一對鳥眼說：「再來一次！我看仔細一點。」

「再一次？」沈洛年看了賴一心一眼，照著剛剛的動作，再度在那三點上快速移動，卻看張志文瞪大那對鳥眼左右轉頭說：「到底在哪兒？看不出來！好奇怪！」

「到底怎麼回事啊？」沈洛年不跑了，停下皺眉問。

「你同時在三個點出現。」侯添良愣愣地說。

「三個影像中間沒有虛影。」黃宗儒也搖頭。

「一心，這是怎麼回事啊？」張志文對著賴一心嚷。

「因爲由慢而快，眼睛會無法適應啊。」賴一心說：「所以只要在不同位置稍慢一刹那，就只會看到慢下來那一刹那的影像，反而看不到虛影了，這樣做，一來對方無法判斷洛年可能的移動方位；二來雖然能看到轉折點有人，卻不知道哪個是眞的。」

難怪賴一心說不要一味求快……沈洛年想著，若早點掌握這種功夫，就不用怕那巨型刑天了，梭狪的範圍攻擊說不定也能應付，不一定需要靠著時間能力。

「用這種方式移動……我也抓不到你。」賴一心想想又說：「一般來說，三、五個分身已經夠用了，太多沒有什麼意義，你移動的速度越快，兩點之間的距離可以拉更遠。」

沈洛年點頭受教間，張志文卻抗議說：「一心啊，洛年已經這麼強了，你還幫他想功夫，幫我們想想好不好啊？」

「呃？」賴一心抓抓頭乾笑說：「因爲昨天洛年受傷了啊，我覺得他可以不受傷的，一直在想怎麼回事，就想到這個。」

其實自己受傷倒不是因爲移動方式，而是七首被山魈的肌肉夾住……不過這理由太過丟臉，還是不提爲妙。

「這麼好玩的事情，阿姊沒看到好可惜。」張志文往女孩子那邊望望，卻見她們不知什麼時候已經鑽到森林裡面去，不見蹤影，張志文一驚說：「什麼時候不見了？」

「入林不遠而已。」沈洛年說：「不用擔心……好像要出來了。」

果然過沒多久，幾個女孩子嘻嘻哈哈地前後跑了出來，卻沒看到翔彩。

「那飛天鼠呢？」張志文東張西望地問。

「小純抱著吧？」賴一心說。

眾人目光轉過，果然看到狄純手收在那罩袍裡，胸腹間似乎捧著一個東西，五女掠了過來，瑪蓮站在狄純身後，嘻嘻笑說：「來！來！來，請注意、看這兒。」

「怎麼了？」賴一心笑問。

瑪蓮伸手左右一拉，狄純外袍左右張開，卻見她胸前合起的雙掌中，坐了一個二十多公分高的袖珍女子，正對著眾人點頭。

「咦！」男孩們都叫了出來。

「翔彩是女的喔？」賴一心吃驚地說。

「是啊。」葉瑋珊笑說：「我們本來也不知道。」

眾人仔細看著翔彩，見她彷彿二十餘歲的妙齡女子，身材曼妙、曲線玲瓏、細腰長腿，白玉般的肌膚配上明眸紅唇，活脫脫是個大美人，還好她彷彿玩偶一般，只有二十幾公分高，若有真人般大小，恐怕很容易引出亂子；她頭髮削短而凌亂，身上用一片手絹裹成短裙洋裝，只在左肩上綁起一個小結，裸露著圓潤的右肩，看來十分性感。

「這……」眾人看了看，黃宗儒首先說：「好像……有點像小純？」

「很像吧！好漂亮。」女孩們自然知道原因，瑪蓮和吳配睿嘻嘻哈哈地笑了出來。

「我沒有翔彩漂亮啦。」狄純不好意思地說。

沈洛年心裡有數，翔彩雖取了狄純的遺傳因子，卻未必會變得完全一樣，狄純體質單薄，加上千羽引仙，長大後恐怕也是風吹就倒的香扇墜兒型瘦弱美女，不大可能變成這種身材……不過確實看得出相似之處。

翔彩雖然化成人形，身後的長形燕翅卻沒消失。她展翅在空中一掠，飄到狄純肩上坐下，不很愉快地說：「這衣服不舒服，能不能不穿？」

「不要啦。」狄純紅著臉說：「拜託妳穿著，脫光不好看。」

「我會找人做比較舒服的衣服。」葉瑋珊也說：「請先忍一下。」

翊彩不置可否地微微點了點頭說：「那就麻煩妳了。」

翊彩變成人形之後，雖然漂亮，卻不似當初那麼可愛，反而多了點穩重的氣度，幾個男孩對看了幾眼，都不敢胡亂說話，張志文想想才開口說：「怎麼會這麼像小純啊？怎麼變的？」

「不准問。」瑪蓮笑說：「祕密。」

翊彩目光一轉，看到人圈外的沈洛年，她展翅飄飛而起，凝停在沈洛年面前，恭敬地說：「洛年先生。」

「不用這麼客氣，叫洛年就好。」沈洛年說。

「不敢。」翊彩微微躬身說：「東方百餘公里外山林，有朱厭猿族盤據，朱厭一向與人不睦，但與我族尚有往來，該可順利借道通行，我這就走一趟？」

「妳剛變身，該不大習慣這身體吧？」沈洛年說：「明天再去沒關係，一般人類移動速度沒這麼快。」

翊彩想了想，點頭說：「既然如此，就依先生的指示。」

「不用這麼客氣。」沈洛年渾身不對勁，忍不住又說一次。

翔彩飛了過來，眾人也忍不住湊了過來，狄純站在沈洛年身旁，習慣性地拉著沈洛年衣角，望著翔彩說：「翔彩幾歲了啊？應該叫翔彩姊姊吧？」

翔彩似乎對狄純挺有好感，又落在她肩頭上，微笑說：「叫名字就好，若要照人類輩分來喊……恐怕得叫我婆婆，我兩千多歲，子孫都傳了幾十代了。」

眾人一聽，不禁暗暗咋舌，狄純吃驚地說：「叫婆婆妳會不會生氣？」

「這倒無所謂，族裡的孩子都叫我們老祖宗呢。」翔彩看看狄純說：「小純，妳怎沒存想妖炁？」

「什麼？我不懂。」狄純搖頭說。

「妳不是千羽引仙嗎？」翔彩說：「應該將炁輕化吧？」

「咦！」賴一心突然叫了一聲說：「引仙還可以練四訣嗎？」

「可以啊。」翔彩望著瑪蓮等人說：「大家都有練，不是嗎？」

「可是他們是引仙之前練的。」賴一心說：「其他引仙的人都沒法練四訣。」

「你說隊伍後面那些人嗎？」翔彩說：「因爲那是不完全的引仙，所以不能練。」

原來是這樣？賴一心大喜說：「太好了，小純把妖炁輕訣化之後就會更快了，晚點我教妳。」

「喔。」狄純看了賴一心一眼，紅著臉點點頭，低聲說：「謝謝。」

沈洛年目光一轉，插口說：「輕訣讓志文或添良教就好了，一心有時間不如想點別的。」

「都可以啊。」賴一心呵呵笑說。

狄純聞言，偷瞄了沈洛年一眼，有點心虛地低下頭，不敢吭聲。

張志文得意地說：「小純就交給我吧！我順便教她在空中的運用。」

「不如我來教，如何？」翔彩突然說。

眾人一怔間，翔彩看著狄純說：「想學寓鼠族的飛行戰鬥術嗎？」

狄純側頭看著肩上的翔彩，囁嚅地說：「我……我不大敢打架。」

沈洛年雖有點意外，但想想也不是壞事，當下說：「或者教她逃命的辦法就好了？」

「攻防本是一體，運用存乎一心。」翔彩微笑說：「晚上再教妳。」

張志文乾笑湊近說：「翔彩婆婆，我可以一起學嗎？」

翔彩看了張志文一眼說：「不行，你不適合。」

「呃？」張志文沒想到居然被拒絕，一臉苦相。

「婆婆，我有問題！」賴一心喊：「像小純這樣的引仙者，還有辦法修煉，讓妖炁更強嗎？」

「當然。」翔彩看看幾個引仙者，疑惑地說：「你們都不會嗎？」

眾人一起搖頭，翔彩望著沈洛年說：「洛年先生的意思呢？」

沈洛年一怔說：「看妳方便啊。」

翔彩想了想，這才開口說：「只要凝集大量妖炁，浸透身軀的各部位，會隨之聚引渾沌原息浸體，體內不純物會逐漸消失，妖炁也會因此逐漸增加和純化，可以選擇全身一起調整，也可以選擇重點調整，最後不純物越來越少，仙化程度就越來越高，我們寓鼠族天生易修雙翅，所以都從這開始。」

「請問……怎麼聚引渾沌原息啊？」黃宗儒說：「那無法感知，不是嗎？」

「我可以教你們辦法。」翔彩目光一轉說：「人類的道術也有相似的法門，不是嗎？」

「是。」葉瑋珊詫異地說：「但我們不知道可以用在引仙者的修煉上。」

就這麼簡單？侯添良詫異地說：「所以我們以後每天都要找時間變身引炁囉？」他一面說，一面揚馳仙化變身，吸引妖炁，他腿這一拉長，身子陡增數公分，他看著腿說：「我應該從腿開始吧？」

「我也是翅膀嗎？」張志文本就已經變身，他展了展翅有點困擾地說：「我翅膀似乎不像婆婆的翅膀適合打架。」

「我和小睿還有瑪蓮姊應該都是全身吧？」黃宗儒沉吟說。

「嘿嘿！我不要全身。」瑪蓮有點得意地單手舉刀笑說：「我就先專心從右手開始吧！」

其實這些內容，當初懷眞曾把較簡單的版本告訴過沈洛年，之後沈洛年轉述給葉瑋珊，葉瑋珊再告訴大家，但沈洛年記憶力和理解力本就平平，敘述的耐心也不足，加上轉述後的七折八扣，眾人聽到時自是一頭霧水、不知所云。

翔彩望望眾人，又說：「若你們壽命結束之前，能修至隨意變化的妖仙境，自然能隱約感應到渾沌原息，到時直接凝聚修煉，又是另外一種階段……不過人類壽命太短，恐怕不容易。」

「翔彩婆婆。」賴一心笑著說：「那我這種呢？」

翔彩上下看看賴一心說：「你是易質？」

上次懷眞也是這麼說的！賴一心連忙點頭說：「對，易質。」

「只有人類能藉著吸收妖質這種法門易質，細節我也不清楚。」翔彩望了望賴一心、奇雅、葉瑋珊三人說：「只聽說若能一直吸收妖質，就能直接進入妖仙境，不需要花心思淬鍊體質。」

「眞的嗎？」賴一心詫異地問：「爲什麼？」

「人類介於妖與非妖之間，是個很奇怪的存在。」翔彩說：「天生無炁卻擁有仙體與靈智……才能這麼修煉，不過就算妖質足夠，吸收也極耗時日，你們這些人類，能修煉到這種程度，其實已經很少見。」

這可能就是洛年之鏡的功勞了，葉瑋珊想到這，連忙瞪了賴一心一眼，要他別多嘴，賴一心果眞差點說出口，看到葉瑋珊的眼色，才警覺地收了回去。

翔彩倒沒注意到兩人的眼色，她轉頭望著沈洛年說：「不過洛年先生的修煉方法，我可就看不出來，沒法給什麼建議……恐怕是某強大天仙的換靈吧？但實在想不到是哪位……」

妖仙不愧是妖仙，隨口一猜就八九不離十……沈洛年搖搖頭說：「不用在意我，妳願意的話，就幫幫他們。」

「是。」翔彩微微躬身說：「我會盡力。」

對自己實在太客氣了，但似乎說也沒用……沈洛年搖搖頭，飄了開去。

ISLAND
採花邪神

既然有寓鼠妖仙翔彩領路，之後遇到友善妖怪則借道，凶狠妖怪便繞行，一路趨吉避凶，不再有意外的爭鬥，這趟旅程從原本的小心翼翼，轉變為遊山玩水，大隊人馬花了五十天左右的時間，從噩盡島的西南角一路繞到東方扇柄處的南側，也就是高原區的南緣。

越接近這兒，道息就逐漸減少，所以之後該不會再有強大妖怪出現，只要沿著高原東緣海岸往北繞，兩日內當能抵達東北區的人類居住地。

這段時間，翔彩成為白宗的半個師父，除指點幾名引仙者妖炁修煉之法外，還花了不少時間教導狄純飛行空戰的諸般技巧。

說也奇怪，她就是不肯教張志文飛行技巧，眾人私下推敲，猜測因為當初翔彩前來求援時，張志文一直站在反對的立場，使翔彩暗暗不快，不過個頭迷你、輩分奇高的翔彩，除了在沈洛年面前十分恭敬之外，對其他人卻頗為嚴肅，很有長輩的架式，眾人也不敢當面詢問，張志文最後無可奈何，只好拜託狄純用心學習，準備日後偷學一二手功夫。

這段時間中，另有一件比較特殊的事情……在翔彩領隊往東走出十餘日之後，印晏哲突然向葉瑋珊報告，說共生聯盟似乎少了十餘人，連盟主張士科、副盟主陳青，都已經數日不見蹤影。

眾人一討論，推測他們可能仍想冒險尋找虯龍族，既然只帶走了十餘人，倒也無可厚非，見共生聯盟似乎不想張揚，葉瑋珊也覺得不便干涉，於是要印晏哲裝成不知此事，繼續帶隊往東行。

今日入夜紮營後，白宗眾人和過去一樣，聚集在離大隊有一段距離的地方，賴一心等人演練著武技，沈洛年躲在凱布利中練那古怪的睡覺功，狄純和翔彩在高空中快速地前後翻轉。

翔彩不斷地變化動作，狄純也相應爲之，迴轉、翻飛、急掠、繞行，兩人動作整齊又漂亮，一大一小不斷飛騰，隨著翔彩的速度越來越快，狄純身上漸漸冒出淡淡黃光，兩人彷彿在表演一般，把這五十天學會的所有技巧一次又一次地展現，連飛了近一個小時，依然沒停下。

眾人看了古怪，慢慢都停下了手中的動作，仰頭看著上方，而沒機會學功夫的張志文，看狄純翻飛技巧已遠遠超越自己，不禁有三分吃味，表情快樂不起來。

瑪蓮瞄了一眼張志文，看他一臉委屈，好笑地拍了拍他肩膀說：「別這樣，以後小純會教你的。」

張志文沒想到瑪蓮突然安慰起自己，受寵若驚地咧開嘴笑說：「謝謝阿姊。」

「怪怪的。」葉瑋珊看了看，飄掠到那足有五公尺長，彷彿一台大型貨車大小的凱布利旁，敲了敲外殼說：「洛年，醒著嗎？」

「怎麼？」一頭汗的沈洛年從裡面鑽了出來。

「沒在睡啊？」葉瑋珊微微一怔。

「嗯。」沈洛年剛剛其實在練匕首，不過這也沒什麼好說的，他搖頭說：「什麼事？」

「你看上面。」葉瑋珊說：「她們已經這樣飛了一個小時了。」

沈洛年抬起頭，微微皺眉說：「幹嘛這麼拚命？」

「嗯，好像是考試還是驗收一樣。」葉瑋珊說。

沈洛年搖搖頭，看了葉瑋珊一眼說：「妳意思是……？」

「會不會翔彩婆婆想走了？」葉瑋珊湊近低聲說：「明日就要繞到高原東側，道息會更少了。」

「嗯，她這幾天都不大舒服，很少落地。」沈洛年點頭說：「也許差不多了。」

「所以我想還是讓你出來看看。」葉瑋珊頓了頓，突然有點好奇地說：「凱布利裡面是怎樣啊？沒有妖炁嗎？」

「平常沒有。」沈洛年說：「就空空、黑黑的，需要光芒時我就點飛梭燈。」

「不會氣悶嗎？」葉瑋珊上下張望。

「開洞就好。」沈洛年說：「只是妳看不出來哪兒有洞。」

「好像是個很不錯的房間呢。」葉瑋珊笑說：「我可以參觀嗎？」

「可以啊……晚點吧。」沈洛年抬頭說：「她們要下來了。」

葉瑋珊跟著往上看，果然翔彩和狄純兩人速度已經放慢，正在做最後的盤旋，只見兩人一起下旋繞飛，當狄純落在沈洛年面前的同時，翔彩也飄落在她肩膀上。

狄純現在身體當然比以前健康多了，她緩緩退去了仙化，小小的臉上紅通通的，渾身冒著熱氣，一面笑望著沈洛年說：「洛年，翔彩婆婆有話跟你說。」

「嗯，婆婆請說。」既然大家都這麼叫，沈洛年也只好跟著叫，說來妖怪個性和成熟度也眞是各自不同，山芷的媽媽山馨也有千多歲了，但只像個有點童心的少婦；翔彩才兩千多歲，就老聲老氣地讓人叫婆婆……至於那臭狐狸更不用說了，少說也萬把歲了，還讓人叫她姊姊！

在葉瑋珊拜託馮鴦幫忙縫製衣衫後，翔彩換上小小的短褲與背心，看來倒也俏皮可愛，只可惜一開口就一點也不俏皮，她正對沈洛年行禮說：「洛年先生，之後的行程應該不會再有變數，我打算告辭了。」

果然要走了。沈洛年和葉瑋珊對視一眼，也沒什麼理由挽留，沈洛年看了看葉瑋珊，見她不說話，只好說：「這趟旅程多謝婆婆幫忙。」

「多謝婆婆大力相助。」葉瑋珊這才跟著說了一句。

「舉手之勞而已，比不上洛年先生對我族的恩惠。」翔彩目光轉向狄純說：「小純學得很快，寓鼠的飛行戰鬥術，她幾乎都學全了，只差翅膀強度和銳利度不足，不能直接模仿我們的攻擊方式。」

狄純到現在才知道翔彩要走，意外之餘，難過地說：「婆婆，妳不能跟我們再多走兩天嗎？」

「不了，到這兒我已經很不舒服。」翔彩微笑說：「就算跟過去，我也不想落地，那不是一樣嗎？你們已經到安全地方，我也該回去了。」

另一面，賴一心等人也都感覺到有異，漸漸湊了過來，聽到後面幾句，瑪蓮輕呼一聲說：「婆婆要走啦？我們還沒好好謝妳呢。」

翔彩微微搖頭，目光掃過眾人，當掃到張志文時，突然開口說：「志文小弟。」

張志文本來低著頭，聞聲一愣，抬頭說：「翔彩婆婆？」

翔彩說：「我不教你飛行，是因爲你學不會寓鼠的飛騰術。」

張志文詫異地說：「爲什麼？」

「你太重，身體也太大。」翔彩說：「就算是小純，也有些動作學得挺勉強，何況是你，以後可以讓小純教你一些通用的訣竅，但寓鼠的特殊技巧你學不會。」

張志文瞪大眼睛，有點慌張地說：「難道我根本就不該千羽引仙嗎？」

「不，只是你要學的話，不如學鵰、梟、鷹類的撲擊之術。」翔彩說：「但這不易找人教，靠自己多觀察和揣摩吧。」

原來如此，張志文連忙點頭說：「謝謝婆婆指點。」

「婆婆。」賴一心突然有點迷惑地說：「小純飛行速度有時似乎比志文還快，這也是因爲飛行技巧嗎？」

「一方面是因爲小純身體比較輕巧。」翔彩望望小純，微微皺眉說：「另外有點古怪的是……小純似乎已經修煉了很久，妖炁若都釋放出來，恐怕只略遜你們半籌。」

「咦？」眾人都叫了出來，瑪蓮張大嘴說：「我們引仙前還吸收了不少妖質呢！而且我們身上有洛……哎喲……」卻是奇雅捏了她手臂一把，她這才硬生生把「洛年之鏡」四個字吞了回去。

「小純妳以前就會修煉的方法嗎？」吳配睿插口問。

「我不會啊。」狄純慌張地搖頭。

狄純看起來實在不像會騙人，而且她引仙後都和眾人在一起，也不可能瞞著大家修煉，眾人彼此互望，都不知怎麼回事。

「我也不明白。」翔彩搖搖頭說：「雖然不是全身，但小純身上許多重要筋骨肌肉彷彿都被渾沌原息浸染過，很適合妖炁運行和集中，這若非有意修煉而導致，我想不出其他可能。」

會不會是當初幫她按摩了一個月的關係？沈洛年暗想，當時狄純體無炁息，自己幫她按摩復健時，沒很留意控制體內道息的出入，說不定無意泛了出去……這可不能說出去，否則明天開始就會從算命師變成按摩師了，而且捏捏別人就算了，捏到葉瑋珊恐怕不大妙。

話說回來，這道息既是良藥也是毒藥，不同濃度能造成的影響也不同，濃度稍高反而會化散炁息，甚至對化妖之軀體有害，當時不就曾把懷眞嚇得逃開？這種事情最好還是別做。

沈洛年還沒想清楚，翔彩已回頭望向沈洛年說：「洛年先生，請記得寓鼠的山谷隨時歡迎您，他日若需要天仙飛翼……」

沈洛年苦笑搖頭說：「多謝婆婆，眞的不用。」

「那麼……我這就去了，洛年先生再會。」翔彩對沈洛年微微行禮，才回頭對眾人說：「諸位再會。」

「婆婆再見。」沈洛年回禮說。

「婆婆慢走。」「婆婆一路順風。」眾人跟著說。

翔彩騰空而起，在眾人上方繞飛三圈，這才認準西方直飛，她妖炁鼓盪之下，速度越來越快，很快就成爲天際的一個小點，消失了蹤影。

沈洛年望著西方夜空片刻，轉過頭，卻見狄純正紅著眼抹淚，他詫異地說：「哭什麼？」

「婆……婆婆走了。」狄純哽咽地說。

這也好哭？不過這一個多月，狄純確實和翔彩相處的時間最長，沈洛年好笑地揉了揉狄純的小頭，也不知該如何安慰。

沈洛年不會安慰，自有其他人安慰，瑪蓮和吳配睿已把狄純拉到一旁安撫，眾人正想散開時，賴一心突然說：「小純若戴上洛年之鏡不知道會變多強？」

「要試試看嗎？」瑪蓮伸手往自己衣下探，摸到一半又有點捨不得地說：「拿下來很不舒服。」

「不用了。」沈洛年說：「現在沒法多製造，讓她試也沒意義。」

「別讓小純戴啦。」張志文苦著臉說：「她已經『常常』比我快了，不需要把她變成『一定』比我快吧？」

「洛年之鏡，那是什麼？」狄純淚痕未乾，迷惑地問。

「洛年沒跟妳說過喔？」吳配睿回頭看了沈洛年一眼，輕笑說：「好東西喔。」

葉瑋珊卻白了賴一心一眼，低聲數落說：「你看！洛年連小純都沒說，你卻老是掛在嘴上，總有一天會惹來麻煩。」

賴一心正乾笑，沈洛年突然轉頭往北看說：「咦……那是……」

「有妖怪嗎？」張志文吃驚地說：「不會吧，婆婆剛走妖怪就來了？」

「好像是藍姊和黃大哥。」沈洛年頓了頓說：「另外一個帶著妖炁……大概是李翰？」

「他們來了？」葉瑋珊又驚又喜地說：「舅媽不是說明早才來嗎？」葉瑋珊和白玄藍每隔數日就會簡短地聯繫一次。上次聯絡後，本決定次日才來與大隊會合，再一起繞過高原區，沒想到今天就來了。

「我們迎上去吧？」瑪蓮跳了起來，大喜說：「好久沒看到藍姊了。」

「好啊，大家一起去。」葉瑋珊笑說：「洛年，有多遠？」

「三十公里左右。」沈洛年說。

「你現在能感應這麼遠了？」葉瑋珊吃了一驚。

「沒內斂的才行。」沈洛年說。

「三十公里嗎？阿猴，我們先去迎接！」張志文躍上空中展翅，往北急衝。

「好！」侯添良兩腿肌肉賁起拉長，點地間帶出一道黃光，追著空中的張志文而去。

一陣相見歡後，眾人回到營地，免不了要談正事，白玄藍、黃齊、李翰、葉瑋珊、奇雅、印晏哲圍成一圈，白宗其他人圍在外圈旁聽，還有印晏哲帶來的兩個引仙部隊幹部，也圍坐在一旁。

那兩人一個叫盧明龍、一個叫黎英傑，都是二十出頭的短髮年輕人，過去當然都和白宗眾人見過好幾次，卻不算太熟，兩人從前也都是上尉連長，和印晏哲似乎是老朋友，此時擔任著副營長的職務，印晏哲自己則暫任副團長，至於團長、營長的職務，都暫時從缺，似乎是準備讓葉瑋珊指派。

沈洛年除了一開始和黃、白兩人打過招呼後，並沒擠到人堆裡面寒暄，他與印晏哲等人也不熟，到了談正事的時候，更是遠遠避開，而狄純只和白玄藍、黃齊見過一面，沒看過李翰和引仙部隊也不熟，大多時間都怕生地黏著沈洛年身旁，不敢過去。

白玄藍和黃齊把玩著剛拿到手的飛梭燈，先問了問這十幾萬人的狀態，又和印晏哲談了幾句，想了想，白玄藍沉吟著回頭說：「小睿，幫我請洛年和小純過來。」

吳配睿一怔，起身向沈洛年奔去，把兩人找了過來。

眾人讓出位置，讓沈洛年和狄純在葉瑋珊身旁坐下，白玄藍望著沈洛年說：「洛年，上次齊哥告訴過你，總門有印製報紙。」

「嗯。」沈洛年雖然沒放心上，但這一提起也有印象，點了點頭。

「那報紙的內容，當然不免偏向總門，我們也不怎麼介意……」白玄藍頓了頓說：「不過，那報紙上面每天都印著你的畫像。」

白宗眾人不免譁然，瑪蓮從後方拍著沈洛年肩膀說：「哇！你是名人。」

「不是吧，阿姊。」張志文好笑地說：「恐怕是通緝。」

「啊？」瑪蓮一怔說：「幹嘛通緝？」

「洛年不是說過，小純是從總門偷出來的？」張志文說：「總門還說他是採花賊。」

「咦！對喔。」四個月過去，瑪蓮倒忘了這件事，哈哈笑說：「小純這麼可愛，難怪被洛年採去。」

狄純漲紅著臉，小聲地抗議：「才沒有啦！」

「我們當然知道實情不是這樣。」白玄藍看著沈洛年說：「但兩天後，到了歲安城……」

「歲安城？」眾人一愣。

「忘了告訴你們。」白玄藍微微一笑說：「地震那一個月，大多數的房子都倒了，之後噩盡島慢慢隆起，原本港口北方地面，浮出一大片平緩的土地，總門集合了眾人商議，考慮到地震前鑿齒曾經來犯，決定建一座兼具河港和城池功能的都市，就是『歲安城』。」

聽到鑿齒來犯的事情，狄純和沈洛年對看一眼，心情都有點複雜。

「對了，藍沒說到這事我還差點忘了。」黃齊突然有些不快地插口說：「總門把鑿齒來襲的事也推到了洛年頭上，說你和鑿齒有勾結，趁上次來見我們時引走大部分變體者，之後讓鑿齒毀了他們在西邊建立的前線堡壘，還說若不是剛好地震，鑿齒說不定就一路殺到高原來了……這眞是荒唐！我和藍雖然去抗議過，但他們硬是要把這罪名栽到你頭上。」

原來那個堡壘已毀？雖然沒勾結，但確實是自己引去的，也許當時有人看到……沈洛年本有幾分高興，但看狄純一臉難過，他又不禁有三分氣悶，這丫頭心腸實在太軟，眞是麻煩。

白玄藍接著說：「現在歲安城周圍城牆地基已經建妥，正不斷蓋上壓縮息壤磚增高，城內土地也都會鋪上雙層的息壤磚，據說是爲了防禦妖怪攻城。」

「那蓋好之後，變體者和引仙者不就不能住了？」葉瑋珊說。

「其實還可以。」白玄藍說：「只是會變得像平常人，如果妖質吸收多的，可能要定期出城透透氣……」

「藍姊，妳和齊哥去那地方感覺怎樣？」瑪蓮忍不住問。

「嗯……」白玄藍打了個眼色說：「有點不適，但還好。」

這下眾人都心裡有數，白玄藍的意思是「洛年之鏡」的效果比那些息壤磚還強，就算在城內依然可以引聚妖炁，至於可以引入多少，就要到實地才能知道了。

黃齊接口說：「總而言之，現在幾個地方都取了名字，除了歲安城之外，這整片東方高原被叫作『宇定高原』，歲安城後面的山叫作『九迴山』，前面的是『攔妖河』……」

「攔妖河？」這名稱比較奇怪，眾人都有點意外。

「聽說地震時，有一群鑿齒已經衝到河前，但那時地層還未上升，出海口鹹淡水混雜，鑿齒不便渡河，加上地震越來越嚴重，才退了回去。」白玄藍一笑搖頭說：「扯遠了……還是先說洛年的事。」

葉瑋珊看了沈洛年一眼，有點擔心地說：「舅媽的意思是……現在在歲安城中，洛年不只是採花賊，還是勾結妖怪的奸細了？」

「對。」白玄藍苦笑說：「聽說有些人認為洛年是神仙，在你故居的山上，立廟祭祀『縛妖神仙』，那廟卻被總門派人拆了，說是邪廟。」

「靠！居然有人幫洛年蓋廟？哈哈哈！為什麼？」「洛年你當上邪神了？」「會採花的邪神！」瑪蓮、張志文、侯添良在後面笑得東倒西歪，惹得大家都笑了出來，本來挺沉重的氣氛，突然放鬆了不少。

「我們當然信得過你。」白玄藍笑了笑，看著沈洛年說：「但兩日後，你和小純一到歲安城，我們就得準備為此事和總門衝突；你當初曾在戰場上殺了數百鑿齒，知道的人其實不少，沒多少人相信你勾結鑿齒，最主要還是小純的事件，總得先討論出個說法……你願意告訴我們，到底你和小純哪兒得罪了總門嗎？」

狄純的事情還是不說爲妙，這兒的十幾個人，難保日後沒有人會起私心。沈洛年看了狄純一眼，沉吟說：「不能說。」

這話一說，眾人難免有些微的不高興，尤其和沈洛年比較不熟的印晏哲等人都大皺眉頭，白宗已表明了準備替沈洛年出頭，他還不肯說明，未免有些不夠意思。

「洛年。」葉瑋珊靠近低聲說：「說出來大家商量沒關係吧？你和小純是傷了誰？還是拿了什麼東西？」

「沒有。」沈洛年搖頭。

看眾人一臉爲難，狄純湊近低聲說：「洛年，告訴大家吧？大家都這麼幫我。」

「別說。」沈洛年回頭瞪眼說：「說了我就白救妳了。」

狄純不敢再說，只抱著歉意看著眾人。

在這有點難堪的沉默中，奇雅突然輕輕搖了搖頭，開口說：「不用說，沒關係。」

眾人一怔的同時，瑪蓮目光一亮，拍腿大聲說：「對！說不說都沒關係，我信得過洛年和小純，阿姊也挺你！總門要打就來打！還不就是一堆變體者，有什麼好怕的？」

「對！」吳配睿跟著叫：「我也信得過洛年！還有小純！」

「我也是。」賴一心跟著點頭說。

葉瑋珊、黃宗儒雖沒開口，也都點了點頭，張志文見狀抓抓頭說：「那就拚了吧，總門總該比山魈、梭狪好對付。」

「反正我們欠洛年好幾條命！」侯添良豪氣地說：「幹！你就算眞是採花邪神我也幫你啦。」

這是什麼話？奇雅忍不住瞪了侯添良一眼，嚇得他連忙閉嘴。

沈洛年只覺鼻頭莫名地有點發酸，還說不出話來，身旁狄純已經哭了出來，嗚咽地說：「謝謝大家……相信我和洛年，我們……我們眞的……沒做壞事。」

印晏哲看了身後兩個營長一眼，開口說：「引仙部隊當然照宗長指示行動。」

白玄藍和黃齊卻沒這麼衝動，他們也信得過沈洛年，但兩邊打起來總不是好事，鑿齒還不知道會不會來犯，人類先自己打起來不是太愚蠢了？可是沈洛年堅持不說，就不知如何和總門談判，這麼毫無轉圜餘地地對峙起來，很難不起衝突。

「宗長。」一直沒說話的李翰，突然插口說：「我想說幾句話。」

「李大哥請說。」葉瑋珊說。

「我和洛年兄只相處過幾日，不算太熟，但白宗既然決定和洛年兄同一陣線，我身爲白宗的一分子，自是義無反顧。」李翰對沈洛年善意地點了點頭，跟著又說：「我報告一下對方的狀態，這幾個月中，散在世界各處的總門部隊逐漸回聚，現已匯集近萬，而且都有修煉四訣，至於運炁之法，似乎學會的人不多，主要是總門內部少數幾名幹部習得……我們引仙部隊有受傳白宗運炁之法，戰力約在兩者之間，略遜於總門高手，高於一般的變體者，但我方高手應該又比對方高手勝出，若兩方衝突，我們人數雖少，只要針對對方的高手攻擊，擒賊先擒王，應該仍佔優勢。」

「阿翰，我們比之前又更強了一些喔。」瑪蓮得意地說：「洛年找了個兩千多歲的妖仙婆婆教我們引仙後的修煉辦法，阿哲他們也學了一些，你是完全型的能學更多，有空再教你。」

李翰訝異之餘，高興地說：「太好了，那就更有把握了。」

「別急著想打，硬來的話兩邊都會有大幅損傷……」黃齊微微搖頭說：「而且就算我們贏了，要怎麼對人們解釋也很花工夫。」

「最好還是別打起來。」白玄藍也不喜歡和總門動手，想了想說：「對方應該也知道我們的實力，該不會正面和我們衝突吧？」

「我反而擔心他們來陰的。」李翰跟著說：「歲安城內的數千名持槍警隊，現在都由總門掌控，如果我們擺明了要保護洛年兄，白宗和引仙部隊，絕不能貿然進入歲安城，在那個地方，我們面對槍彈沒有抵抗能力。」

葉瑋珊等人暗暗點頭，雖然身懷「洛年之鏡」，但還沒實地測試，不知道保留的炁息能不能抵禦槍彈，可不能太托大了。

「那就在外面等他們！」瑪蓮嚷：「他們總要出來透氣吧？」

「出來一個抓一個嗎？那就不知要等多久了？」張志文抓頭說。

「未必要打。」奇雅開口說：「洛年和小純可以遮掩面孔，躲在人群裡和我們住一起，白宗有千多人可以掩護，沒這麼容易被發現。」

在無法談判的前題下，這倒也是個辦法，眾人都在點頭，黃宗儒則沉吟說：「但認識洛年的人已經不少，還是要小心人多口雜傳出去……」

「不用這麼麻煩。」沈洛年突然開口說：「我離開就好了，反正我哪兒都能住。」

「洛年？」眾人紛紛叫了出來。

「名義上被通緝的只有我，小純就跟著你們。」沈洛年轉頭看了看狄純，回頭說：「不過總門應該也會派人私下找她，幫她稍微化個妝，改個稱呼，出門戴上帽子，過兩年長大，應該就看不出來。」

狄純忙說：「洛年，我跟你走。」

「妳這愛哭鬼吵死了，別跟著我。」沈洛年說。

這話一說，眼淚還沒收乾的狄純忍不住又哭了。

「就這樣吧！」沈洛年站起說：「我這就離開，你們保重。」

「等一下啦！」葉瑋珊慌了，一把抓著沈洛年的手臂瞪眼，另一邊還在掉淚的狄純見狀，有樣學樣，也忙抓著沈洛年另一手不放。

「又幹嘛？」沈洛年皺眉。

「你讓我們商量一下好不好？」葉瑋珊說。

「商量什麼？我走就沒事了。」沈洛年說。

「這……」葉瑋珊一時想不到理由，只好說：「九號……九號是瑪蓮生日，幫她慶生了再說。」

「咦？」瑪蓮詫異地左右看說：「我生日快到了嗎？已經三月了嗎？我都不知道。」

到底眞的假的？沈洛年說：「今天幾號？」

葉瑋珊遲疑了一下才說：「三月二號。」

「還有一個星期？」沈洛年輕輕抽離兩個女孩的手，搖頭說：「別開玩笑了，我留到那時候剛好和總門打得熱鬧，也不用慶生了。」

「那……」葉瑋珊說：「至少今晚別走……和舅媽談完後，我還想和你談談，好不好？」

沈洛年看葉瑋珊難過的模樣，心中一軟，嘆口氣說：「知道了，我明早才走。」他說完後轉身浮起，往外飄了出去。

沈洛年這一走，眾人都沉默了下來，狄純一面用力抹淚一面吸氣，似乎很想停下淚，卻又停不下來，弄得呼吸十分不暢。葉瑋珊看不下去，輕抱著狄純說：「小純，別難過了。」

「我不要哭了。」狄純哽咽地說：「洛年嫌我太愛哭，我不要哭了……人家以後不哭了。」

「洛年開玩笑的啦。」葉瑋珊抱著狄純說：「妳這小傻瓜，那壞蛋就愛胡說八道，怎麼能把他的話都當眞？」

狄純頭埋在葉瑋珊懷裡，口中還嗚嗚地唸：「我不要哭了、我不要哭了……」

這可把大家眼睛都搞紅了，瑪蓮抓頭說：「總門到底搞什麼鬼？洛年爲什麼又不肯說？」

狄純猛然抬起頭，一面哭一面說：「我……我跟你們說……都是我不好……」

「別說了，洛年不要妳說，妳就別說。」葉瑋珊這時倒怕沈洛年突然悶不吭聲地跑了，上次他就幹過這種事……她心念一轉，抹去狄純的淚說：「妳快去找洛年，他要走都沒忘記交代我們照顧妳，怎會嫌妳？」

狄純想了想，這才止淚飄起，追著沈洛年離去的方向掠。

見兩人先後離開，白玄藍這才低聲說：「洛年和小純……真的沒什麼？」

「沒有。」這四個月眾人倒是看得很清楚，當下一起搖頭。

「沒有也是應該的，小純頂多才十三、四歲吧？」黃齊也說：「但看來小純似乎很喜歡洛年。」

「她只是很依賴洛年，洛年也只當她是妹妹……」葉瑋珊望著沈洛年和狄純離開的方向，還有點迷惘，頓了頓說：「小純喜歡的人該不是洛年。」

「咦？」吳配睿大吃一驚，插嘴說：「小純喜歡誰？我怎麼不知道。」

葉瑋珊一怔回過神，搖頭笑說：「沒什麼，我只是亂猜而已。」

吳配睿一點都不洩氣，緊跟著說：「宗長猜誰？」

葉瑋珊一陣尷尬，搖頭說：「小睿，別問了，先談正事。」

「噢。」吳配睿這才嘟著嘴縮了回去。

「宗長。」印晏哲突然開口說：「我也有件事情想報告。」

「阿哲，什麼事？」葉瑋珊問。

「我對沈先生沒有成見。」印晏哲頓了頓說：「不過在這十幾萬人中，他的名聲眞的不大好。」

「怎麼了？」葉瑋珊訝異地說：「洛年根本沒和人接觸，不是嗎？」

「似乎是澳洲那群人傳出的，說他脾氣很暴躁，胡亂傷人，不把人命當一回事，好像還打過女人？」印晏哲頓了頓說：「大多數人都很支持我們白宗，卻很排斥沈先生，覺得我們不該和這種人來往。」

「靠！那些渾蛋！」瑪蓮忍不住罵：「要不是洛年，他們早死光了！忘恩負義！」

「阿哲，有機會的話，把話傳下去告訴大家。」葉瑋珊說：「除去梭狪、趕走山魈、和寓鼠妖仙結交，讓這十幾萬人能順利到達這兒，其實都是洛年的功勞。」

「這……」印晏哲怔了怔說：「既然沈先生要離開，沒必要說這些吧？大家喜歡白宗是好事。」

「這是什麼話？」葉瑋珊這時心情不好，口氣放重了些：「我們白宗何必佔這種便宜？何況洛年根本不是壞人……告訴我們陸塊會移動、台灣會消失的也是他，你不知道他救了多少人嗎？」

「我明白了，宗長。」印晏哲低下頭說。

「瑋珊。」賴一心在旁輕聲說：「別生氣。」

葉瑋珊一怔，這才發現自己失態，對印晏哲說：「阿哲，抱歉。」

「宗長別這麼說。」印晏哲忙說：「沒事的。」

「大家一起想想辦法，看能不能兩全其美。」白玄藍說：「眞沒辦法的話，洛年暫時離開，也算給我們一點緩衝的時間，這時人類剛在噩盡島立足，白宗和總門是現在兩個最強大的集團，自己打起來實在沒有意義。」

「絕不能讓洛年一直受這種委屈。」葉瑋珊氣還沒消，憤憤地說：「他幫我們……不，幫人類這麼多，憑什麼最後要他一個人孤單地過日子？」

「別煩惱了。」賴一心移坐在葉瑋珊身旁，輕握著她手說：「等這十幾萬人安頓下來，大不了直接找總門談判，總會有辦法的。」

葉瑋珊抓緊賴一心的手，點了點頭，情緒才慢慢穩定下來。

「這件事就先這樣吧，我們今晚提早來，其實是爲了另一件事……」白玄藍皺起眉頭說。

又有什麼事？眾人目光都轉了過去。

ISLAND
我又不是妳兒子

另一面，狄純奔入林中，左找右找，找不到沈洛年，她輕輕地叫：「洛年、洛年？」一面有點慌張地四面張望。

「幹嘛？」沈洛年的聲音從頭上出現。

狄純一抬頭，見沈洛年正往下飄，她連忙抹乾淚說：「我沒哭了！我以後不哭了。」

沈洛年好笑地說：「不哭我也不帶妳走。」

「怎麼這樣……」狄純眼睛又紅了起來。

「看，又要哭了！」沈洛年笑說：「擺明騙我。」

狄純被逼急了，眼淚眞的流了下來，委屈得說不出話來。

「唉！」沈洛年嘆口氣，飄下揉了揉狄純的腦袋說：「妳這個小水庫，停一停吧，眞受不了妳。」

「那……你不要扔下人家啊。」狄純嗚咽地說：「你要我戴帽子，你也可以啊，不然……我們躲在房子裡面都不要出去也好，爲什麼要扔下我自己走？」

「都不出門，靠人家養啊？」沈洛年說：「我反正也習慣一個人了，何必因爲我讓他們和總門起衝突？而且……等這十幾萬人到了那個什麼城，過幾天看看天下太平，一心那個熱血笨蛋八成又想出去救人了，和他們混在一起會短命……到時候妳可別跟去，留下陪藍姊才安全。」

「我跟你走呀。」狄純說。

「妳和我不一樣，很喜歡和人相處，看妳整天和小睿、瑪蓮聊天就知道了。」沈洛年說：「妳該和人們住在一起，不能像我一樣。」

狄純忙說：「不用，我有你就好了。」

這不害臊的丫頭，這種話也能說嗎？沈洛年白了狄純兩眼，靠著一株樹幹說：「反正妳留下就是了，臨走前最後勸妳一次，別喜歡上一心。」

狄純一怔，低下頭說：「我不會的。」

不會嗎？沈洛年暗哼一聲，但這種男女間事，管不勝管，眞不聽勸告也沒辦法。

兩人沉默了片刻，狄純突然說：「剛剛……我差點就把總門抓我的原因告訴大家，是宗長姊姊阻止我的。」

「什麼？」沈洛年微微一驚，有點生氣地說：「妳瘋了？」

「我覺得很對不起他們啊……大家都這麼願意幫忙，我們卻瞞著不說。」狄純難過地說：「要是我沒這能力該有多好？總門也不會找我了。」

沈洛年望著這無月天空的星辰，突然說：「讓白澤能力消失其實不難。」

「啊？」狄純一驚，緊緊抓著沈洛年衣衫說：「洛年，你說什麼？再說一次！」

「我前陣子……算過命，有種辦法可以除掉妳的白澤能力。」沈洛年說：「不少妖物、妖草吃了之後會讓人停止作夢，比如冉遺魚、蠻蚳豬、鴟要鳥還有植楮，嗯，其中植楮似乎比較好找，這附近也可能有，葵葉紅花，果實像棕樹的莢。」

「太好了，爲什麼不早跟我說？」狄純四面張望，又驚又喜地說：「這樣也不用瞞著大家了，只要找人告訴小靜，叫她別再抓我就好。」

「但是妳後代依然會有這能力。」沈洛年搖頭說：「萬一她逼妳生孩子呢？」

狄純一呆，臉色蒼白地說：「這……」

「所以我才沒說。」沈洛年說：「萬一又被抓，只要妳能力還在，可能不會這麼快逼妳生，也許還有機會救妳。」

狄純愣了片刻，突然說：「洛年，那有沒有辦法……讓我不會有孩子？」

沈洛年想了想，搖頭說：「就算如此，他們也未必相信，還不是會找男人來試試？」

狄純想到那種場面，不禁臉色發白，傻了片刻才咬著唇說：「至少……至少不會有人再受害。」

沈洛年看了狄純一眼，走開兩步，看著天空默禱，狄純知道沈洛年又在「算命」，她不敢打擾，靜靜等著結果。

過了片刻，沈洛年轉回，搖搖頭說：「別打這主意。」

狄純失望地說：「不行嗎？」

「太極端的方法對身體不好。」沈洛年瞄了狄純一眼說：「妳眞不想生，嫁人以後記得避孕。」

狄純嘟起小嘴，搖頭說：「我才不嫁人。」

沈洛年哼了一聲說：「就怕妳以後生一堆，搞不清楚哪個傳下了白澤血脈。」

狄純臉一紅，頓足輕聲說：「才不會。」

沈洛年正笑間，突然轉頭往林緣那方向望，一面說：「別說了，小睿跑來了。」

果然幾秒後，吳配睿輕巧地奔了進來，看到兩人，她才噓一口氣說：「還好，我好怕你們倆溜走。」

「我才不帶這丫頭走。」沈洛年不等狄純抗議，接著說：「你們開完會了嗎？」

「還早呢。」吳配睿搖頭說：「我不想聽，就跑出來找你們。」

沈洛年上下看了看吳配睿，皺眉說：「妳在生什麼氣？」

狄純疑惑地回頭問：「小睿姊哪有生氣？」

「唔。」沈洛年倒不好解釋，只說：「沒有嗎？」

吳配睿看著沈洛年，眨眨眼說：「洛年你眞的很厲害……怎麼老是知道我在想什麼啊？」

「我會算命啊。」沈洛年隨口說：「妳氣什麼？想說嗎？」

「還不是那個渾蛋……」吳配睿說到一半停下，皺眉搖頭說：「說來話長。」

「小睿姊怎麼了？」狄純湊過去說：「慢慢說沒關係。」

吳配睿望著兩人片刻，想了想才說：「你們可能不知道，四二九之後，我爸媽沒死，被藍姊和黃大哥救了。」

「我那時在台灣聽藍姊提過。」沈洛年說。

「那個叫吳達的男人是我繼父，是個很惡劣的傢伙，好色、貪心、手腳不乾淨，什麼壞事都幹。」吳配睿頓了頓說：「但是我媽不知道爲什麼就是對他死心塌地……算了，反正她自找的，我也不管。」

狄純安慰著說：「這麼討厭他們的話，少和他們相處就好啦？」

「我本來也是這麼想。」吳配睿憤憤地說：「結果上次回台灣，他們趁我不在，騙宗長幫他們引仙，宗長看在我面子上，居然使用完全型引仙，氣死我了！」

沈洛年和狄純對看一眼，沈洛年這才說：「後來呢？」

「後來他就開始亂來啊！在台灣打著白宗的旗號收稅……被宗長干涉之後，他們兩個溜上上次的船團，跑來噩盡島，還加入總門。」吳配睿頓了頓說：「剛剛藍姊說，他加入總門當了個教頭還是什麼……一段時間後又開始亂來，藍姊在這兒沒有執法權，不便動手，總門卻不知爲什麼放縱他到處搜刮財物好幾個月，搞得民怨沸騰……到昨日才突然派人把他倆抓住。」

沈洛年沉吟說：「總門爲什麼要這樣？」

「對啊！根本就是故意的。」吳配睿說：「報紙上，他幹的壞事都算在白宗和引仙者頭上，然後抓他的功勞都是總門的，連那些財物也剛好通通充公，都變總門的。」

「然後呢？」沈洛年說。

「抓到之後，總門派人放消息給藍姊，說他犯下的事太重，恐怕難逃死罪。」吳配睿一頓足說：「藍姊他們商量後，猜測總門想和我們談條件，於是今晚提前來會合，和宗長討論這件事。」

「既然在談這種事，妳怎麼還跑開？」沈洛年詫異地說。

「我才不管！」吳配睿氣呼呼地說：「處死就處死，我剛告訴宗長和藍姊，不用看我面子，該怎樣就怎樣！」

這時林木中草葉聲響，卻是黃宗儒正大步走近，三人回過頭，吳配睿有點意外地迎上說：「無敵大，你怎麼也來了？不是開會嗎？」

黃宗儒走近微笑說：「我擔心妳啊。」

兩人相對著，兩雙手輕輕握起，吳配睿微微一笑，搖頭說：「我沒事，你比較聰明，去幫宗長出主意啊，反正不要顧忌我就對了。」

「我知道妳不在乎吳達，但妳媽媽呢？」黃宗儒說。

吳配睿微微一怔，皺眉說：「剛剛藍姊不是說我媽該算從犯？吳達死了的話，讓她關一陣子冷靜冷靜也好。」

「可是以吳達的個性，恐怕都會推到妳媽身上吧？」黃宗儒說：「妳媽大概也不會反對。」

吳配睿之前倒沒想到這個可能，她臉色微變說：「如果這樣，我非宰了吳達不可。」

「歲安城有法治的，不能隨便殺人。」黃宗儒說：「剛剛我們討論了一下總門這麼做的原因。」

「不就是爲了沽名釣譽和斂財嗎？」吳配睿哼聲說。

「不只是這樣。」黃宗儒說：「可能想拿他倆的性命和我們換引仙之法的祕密，才會私下先派人跟藍姊透口風。」

吳配睿一怔說：「當然不能告訴他們！」

「所以要研究一下該怎麼辦比較好。」黃宗儒說：「總門一開始讓他當教頭，應該就是準備利用他們倆了。」

吳配睿不知該如何是好，忍不住頓足生氣說：「爲什麼賴媽媽就不會這麼多麻煩？我媽就這麼討厭！」

「別這麼說。」黃宗儒嘆口氣說：「四二九之後，只有妳和一心的母親還活著，妳應該高興的。」

吳配睿低下頭，沉默片刻後，終於說：「那……那現在該怎麼辦？」

「沒關係，我們有個優勢。」黃宗儒說。

「什麼優勢？」吳配睿問。

「他們並不知道我們這十幾萬人這麼快就到了。」黃宗儒說：「也不知道藍姊和我們一直都保持著聯繫。」

「這十幾萬人有什麼用？」吳配睿訝異地問。

「你還不明白？」黃宗儒微笑問：「我們這兒大約有十六萬人，小孩不算，也有十幾萬張票啊。」

「票？」吳配睿一怔說：「投票嗎？」

「對啊，台灣當初去的兩個船隊，也有四、五萬人。」黃宗儒說：「總門在那兒雖然努力地收買人心，但那兒現在也才二十萬人左右，支持白宗的很容易就超過半數，聽說總門準備建立『噩盡共和』，正在討論選舉制度……等兩天後發現我們帶這麼多人來，他們一定傻眼。」

「就算選舉贏了又能怎樣？」吳配睿還是不懂。

「贏了，很多事情就很方便。」黃宗儒說：「不只可以控制城內武裝部隊，保障自己的安全，也能讓行政、司法不致偏頗，妳父母就算不能脫罪，至少也可以獲得公平的審判……還有，到時只要當事人小純出面證明洛年不是採花賊，說不定連洛年的事情也能解決。」

「我的事無所謂，別讓小純出面。」沈洛年說：「選舉應該還要一段時間吧，小睿父母的事情，可以拖到那個時候嗎？」

「該怎麼拖時間我們就不是很清楚了。」黃宗儒說：「所以宗長讓阿哲去把台灣那些搞政治的人請來，準備讓他們出面，由我們白宗當後盾……現在該快到了。」

「咦？」吳配睿詫異地說：「那些總是假笑的人，挺討厭的耶。」

「可是我們沒人想參選啊。」黃宗儒笑說：「黃大哥和藍姊又不肯，若照以前台灣的法律，我們幾個連被選舉權都沒有呢……妳更是連投票權都沒有。」

「知道啦！」吳配睿嘟著嘴嘟囔說：「年紀大有什麼了不起，再過兩個月我就十六歲了……欸！洛年！」她聲量突然放大，喊了沈洛年一聲。

「幹嘛？」沈洛年吃了一驚。

「你明天眞的要走嗎？」吳配睿扠腰問。

「對啊。」沈洛年說：「我喜歡一個人住。」

「那……五月五號我十六歲生日，要來幫我慶生喔！」吳配睿說。

「再說啦。」沈洛年沒好氣地說：「這麼久以後的事。」

「不管啦，一定要回來！」吳配睿嚷：「滿十六歲耶，很重要！」

「關我屁事。」沈洛年搖頭說：「到時候再說。」

「滿口屁！沒禮貌！」吳配睿好笑地罵。

黃宗儒笑了笑，換了個話題說：「說到五月……黃大哥說，選舉本來預定在五月末，不過我們到了之後，應該會往後推，畢竟資料沒這麼快可以辦好，不讓我們有投票權又說不過去。」

「反正我一樣沒有投票權。」吳配睿哼聲說：「除非改成十六歲就可以投票。」

「妳不去聽聽他們有沒有什麼想法？」黃宗儒說：「和妳媽媽的事情有關呢。」

吳配睿遲疑了一下，這才點頭說：「好吧。」

「那我們先過去。」黃宗儒對沈洛年點點頭說：「晚點再聊。」

「我晚點還要找你喔！」吳配睿一面走一面說：「不准偷溜。」

沈洛年揮手說：「快去吧！」

等兩人離開，狄純攙著沈洛年手臂在林間散步，狄純一面說：「洛年，你不要我出面證明你的清白，是怕我又被總門抓去嗎？我已經學會逃命了啊，應該不容易被抓到。」

「誰知道他們會要什麼花招？」沈洛年說：「而且那座城是用息壤土建的，妳恐怕飛不動。」

「喔……」狄純想了想，突然笑說：「原來瑪蓮姊生日是三月，小睿姊是五月，你知道我生日幾月嗎？」

「不知道。」沈洛年搖頭。

「十月八號。」狄純有點得意地說。

幹嘛一臉高興？沈洛年不大明白地說：「十月八號又怎樣？」

「眞的忘了喔？」狄純嘟起小嘴說：「就是你救我出來的日子啊。」

「那天剛好是妳生日？」沈洛年詫異地說。

「不。」狄純搖搖頭，抓著沈洛年手臂笑說：「那天之後我就新生了，所以那天算是我新的生日，好不好？」

「隨便。」沈洛年說：「妳到生日的時候，要說自己幾歲？總不能說實話吧？」

「唔……」狄純想了想說：「十……十四歲好了？我醒來的時間加一加，差不多有這麼久。」

「好啊。」沈洛年本就無所謂，沒表示意見。

兩人在林中隨意漫步，這兒生長的妖炁植物和島西的多少又有些不同，走走瞧瞧了一段時間，狄純突然驚呼一聲說：「洛年、洛年！」

「怎麼了？」沈洛年說。

「那是不是你說的植楮？不會作夢的？」狄純指著一株開著紅花的矮草，驚喜地問。

有這麼巧嗎？沈洛年上下看了看，低聲問了問輕疾，終於點頭說：「就是這個，取下莢果服食，從此無夢，但我剛說了，吃了也不能解決問題……」

「我先吃。」狄純輕輕採下植楮莢果說：「萬一被抓，我先不告訴他們我失去能力，等你來救我。」

這倒也是個辦法……沈洛年抓了抓頭說：「不覺得失去這能力可惜嗎？」

「不會。」狄純忙搖頭。

「隨妳吧……」沈洛年想想，突然說：「妳這總門門主，只是作夢用的傀儡這件事，總門可能不少人知道，但知道白澤血脈運作細節的人，應該不多吧？」

「上一次的更換血脈都是九十年前的事了……」狄純歪著頭想了想說：「要看小靜告訴過多少人。」

這種祕密應該不會告訴太多人，找機會去把那個叫狄靜的渾蛋老太婆宰了，再對外宣稱這能力已經消失，只要沒人知道生孩子會遺傳，那就一勞永逸。

不過這丫頭一定反對……乾脆偷偷動手，她日後知道生不生氣倒無所謂。

沈洛年正思索，森林中突然傳來叫聲：「洛年？小純？」

「是瑪蓮姊？」狄純高興地喊：「在這邊——」

「你們躲到哪兒去啦？」瑪蓮一面跑一面嚷：「衣服都穿起來了吧？可以見人了嗎？」

狄純紅著臉頓足說：「瑪蓮姊又在胡說了。」

瑪蓮、張志文、侯添良三人笑嘻嘻地飄近，看到沈洛年，三人好像約好了，一起舉手打招呼說：「嗨！採花邪神！」

「呿！」沈洛年笑罵說：「你們不好好開會，溜出來幹嘛？」

「好無聊喔！」瑪蓮走近，苦著臉說：「什麼大選區多選票、小選區單一選票，聽不懂！誰知道哪個好啊？」

「聽到白宗想找他們參選，他們可得意了，好幾個人一起搶著說話，我剛剛突然有看政論節目的感覺。」張志文笑說。

「是啊。」侯添良也說：「前兩個月都垂頭喪氣，現在精神都回來了。」

張志文又說：「最好笑的是，那兩個黨好像考慮先合組一個黨，以便和總門組成的政黨對抗。」

「合組一個黨？」沈洛年抓頭說：「上次好像誰跟我說他們是敵對政黨？怎會合組？」

「那只是用來騙人的啦。」張志文撇嘴說：「反正不管誰執政，都會有人討厭，所謂的在野黨，功能就是把討厭執政黨的人馬都集合起來，眞上台後做的事還不是差不多？」

「管他誰執政。」父親是警察的侯添良，搖頭說：「我最討厭的是遊行，我爸以前老被人扔石頭。」

張志文瞄著侯添良笑說：「你爸有機會不也是打回去？」

「幹！那當然是長官下令才動手的。」侯添良理直氣壯地說。

「阿猴趁奇雅不在就說粗話！」瑪蓮指著侯添良說：「我要去告狀。」

「阿姊不要啦。」侯添良苦著臉說：「妳自己的口頭禪還不是差不多？」

「可是我的口頭禪奇雅不介意啊。」瑪蓮得意地說。

「我可都不介意。」張志文笑說。

「死蚊子，誰管你。」瑪蓮白了張志文一眼，被張志文死纏這麼久，瑪蓮已經懶得罵了，頗有點無可奈何而接受的味道，她回頭說：「洛年你眞要走啊？你捨得把小純扔下喔？」

「嗯。」沈洛年看看狄純說：「你們會幫我照顧她吧？」

「照顧她是一定的。」瑪蓮摸摸狄純的頭說：「但最好你也別走呀。」

「我本來就習慣一個人過日子，這陣子和你們在一起，還不是都在凱布利裡面？」沈洛年搖頭說：「沒差。」

這話說得也是，沈洛年話本來就不多，一路上又常常躺在凱布利裡面飄，還眞的很少和人互動，瑪蓮抓抓頭說：「那你至少要常來看看我們啊。」

「有機會的話，也許會。」沈洛年說。

五人聊了片刻，賴一心和奇雅也尋了過來，再過一陣子，吳配睿也再度跑來，眾人找了個空地，聚在一起隨便聊著，知道沈洛年明天即將離開，眾人都想找沈洛年搭話，漸漸彷彿有點送別聚會的味道，沈洛年雖然不喜歡這樣的場合，今日也把自己的脾氣收斂著，傾聽著眾人的言語。

直到那兒會議結束，葉瑋珊、黃宗儒尋來，已是午夜時分，他倆走近，看眾人拿著飛梭燈，圍著一圈抬槓，葉瑋珊笑著說：「居然撇下我們，躲在這兒聚會？」

眾人讓開兩個位子，讓葉瑋珊和黃宗儒插入，瑪蓮一面笑說：「我們都留不了洛年，瑋珊妳試試。」

葉瑋珊目光和沈洛年一碰，笑容就收了起來，忍不住又嘆了一口氣，沈洛年見狀搖頭說：「別說了……剛剛談得如何？」

「怎麼說呢……算順利吧？」葉瑋珊轉頭看了看黃宗儒。

黃宗儒點頭笑說：「他們前陣子大概以為我們白宗想搞獨裁政權，知道我們沒這意思，當然很高興，現在比較麻煩的，是歲安城那兒現在只有簡單的刑、民法，有關政府組織、選舉罷免等相關法令都還在研議，所以想要獲得政權，該怎麼操作，還不是很確定，反而要先研究怎樣參與這些法令的制定……」

沈洛年越聽越頭大，只好搖手說：「細節不用說，順利就好。」

聽不懂的人其實不少，見沈洛年這麼說，眾人不禁笑了起來，賴一心搖搖頭說：「還好宗儒對這些有興趣，可以幫上瑋珊。」

「我以前也沒接觸過，幾乎都不懂，盡力試試。」黃宗儒沉吟了一下說：「話說回來……洛年，離這最近的東邊大陸，是以前的美洲嗎？」

沈洛年倒沒去注意，他搖搖頭說：「也許吧，我也不清楚。」

「噩盡島東和那片大陸最近的距離大概有多遠呢？」黃宗儒又問。

「兩百……到三百公里吧？」沈洛年說。

「等一切都穩定後，也許該去找找有沒有圖書館沒燒毀，把書運回來。」黃宗儒說：「要想辦法把人類的智慧保留下來。」

「還要跑？我們跑了一年多了耶！」張志文張大嘴說：「你自己去好了。」

黃宗儒尷尬苦笑時，吳配睿忍不住叫：「蚊子哥！你又欺負無敵大！」

「妳陪妳男朋友去啊。」張志文說：「又沒攔著妳。」

「哼！你就別去！」吳配睿轉頭說：「瑪蓮姊，陪我們去好不好？」

瑪蓮瞄了張志文一眼，嘻嘻笑說：「好啊，我和奇雅陪你們去探險。」

侯添良馬上舉手說：「蚊子不去我去。」

「喂！小睿妳來這套？」張志文哇哇叫說：「臭阿猴你這叛徒！」

「我也想去。」賴一心呵呵笑說：「美洲那兒應該也有人需要幫助。」

瑪蓮笑說：「對啊，我們的環遊世界，上次走沒多遠就被地震打斷了。」

吳配睿目光一轉，突然說：「離開這兒的話，洛年也可以去。」

「對啊！」賴一心大喜說：「那就太好了。」

這些傢伙果然待不住，只沒想到居然是黃宗儒先開口。沈洛年搖頭說：「我才不跟你們去冒險，最好也別帶小純那個愛哭鬼去，幫不上忙。」

葉瑋珊開口說：「但如果帶小純離開個兩、三年，回來應該就不會被認出來了。」

這也有道理，沈洛年看了狄純一眼，不再反對。

眾人又聊了一陣子，黃宗儒看看天色，站起說：「已經很晚了，明天得一大早起來，還有很多事要討論……睡了吧？早上再一起送洛年。」

「也是。」賴一心站起伸個懶腰說：「藍姊、黃大哥可能還在等我們回去，去睡吧。」一面往外先走。

眾人紛紛站起往林外走，沈洛年正要邁步，卻見葉瑋珊站在自己面前，似乎有話想說。跟在沈洛年身後的狄純，望望兩人表情，放開了沈洛年的衣角，低聲說：「我先回去。」追上吳配睿等人去了。

和奇雅並肩而行的瑪蓮，回頭看了看，也不說什麼，拉著張志文等人往外走。

大家怎麼都沒問問？沈洛年和葉瑋珊兩人不約而同地想到這一點，不禁都有點不自在，隔了片刻，沈洛年才突然說：「難道每個人都知道我暗戀過妳？」

葉瑋珊沒想到會聽到這句話，整片臉紅了起來，低下頭半天才說：「你又胡說什麼？」

「能輕鬆說出口的時候，似乎也不該說了。」沈洛年望著葉瑋珊說：「妳不會還想勸我留下吧？算了啦。」

葉瑋珊卻沒回答這句話，隔了片刻才說：「你能說出口，是因爲已經不喜歡我了嗎？」

沈洛年愣了片刻，才說：「妳想聽到什麼答案？」

葉瑋珊咬著唇說：「我不知道。」

兩人沉默片刻，沈洛年看著葉瑋珊，想了想說：「不過妳這陣子都穿這種寬褲子，吸引力確實變小了。」

葉瑋珊一怔，忍不住頓足說：「你又胡說什麼！這樣才方便行動啊，若是穿裙子，怎麼能隨處坐下？你……你只知道看腿嗎？」

「話說回來，也快一年沒看到了。」沈洛年瞄了瞄葉瑋珊下半身說：「有沒有變粗啊？」

「我眞受不了你！」葉瑋珊轉頭想走，但走沒兩步，又停下憤憤回頭說：「不行，我話還沒說完，差點被你混過去。」

沈洛年苦笑說：「還要說什麼？」

葉瑋珊回頭望了望，突然臉一紅，低聲說：「他們都走遠了嗎？」

她想幹嘛？沈洛年古怪地看了葉瑋珊一眼，點頭說：「都出林了。」

葉瑋珊想了想，又說：「你……你不是要給我看凱布利裡面嗎？」

看凱布利不需要透出這種古怪的氣味吧？但確實答應過她，沈洛年喚出了凱布利，脹到最大，對葉瑋珊招手說：「來吧。」

葉瑋珊一怔，走近兩步說：「就這樣走進去？」

「嗯。」沈洛年輕拉著葉瑋珊的手臂，帶著她往內，同時把飛梭燈用妖炁吸附在一旁，散放出光華。

葉瑋珊進入一看，見身旁不遠處雖然有光芒照耀，但凱布利軀體卻是完全吸光的一片漆黑，彷彿身處在無盡的黑暗之中，根本看不出周圍範圍有多大，只能從那些光芒被吞噬的地方，粗略判斷出實際的大小。

葉瑋珊上下張望，忍不住張口說：「你一直都待在這種地方啊？好像……好像什麼黑牢一樣。」

「久了就習慣了。」沈洛年頓了頓說：「我在裡面活動身體，才會放這麼大，躺著睡覺就縮小些。」

「活動身體可以在外面啊。」葉瑋珊皺眉說：「幹嘛躲起來？」

沈洛年頓了頓才說：「我練習的時候，不喜歡有人找我說話。」

「眞是個怪人……」葉瑋珊走近沈洛年，突然說：「你轉過身去好嗎？」

「幹嘛？」沈洛年詫異地問。

「轉一下嘛。」葉瑋珊笑說。

沈洛年莫名其妙地轉身，背對著葉瑋珊，正想發問，他身後突然一暖，這才發現葉瑋珊那雙手正繞過自己的腰，從後方擁抱著自己。

「瑋珊？」沈洛年吃驚地說。

葉瑋珊頭側貼著沈洛年的背心，低聲說：「我一直不知該怎麼謝你，可以讓我抱抱你嗎？」

沈洛年心煩意亂地說：「媽的，要抱就抱正面。」

葉瑋珊忍不住笑出聲來，一面說：「正面不行。」

幾秒過後，沈洛年感覺著葉瑋珊和自己的心跳正同時加速著，忍不住說：「背面我也會失控的。」

葉瑋珊也漸漸覺得不妥，她鬆開手，潮紅著臉龐退了一步低聲說：「你不是不喜歡我了嗎？」

沈洛年轉回頭，看著葉瑋珊的表情，情緒難以抑制，走近將她身子轉過半圈說：「輪我了！」跟著從後面緊抱著葉瑋珊。

「洛年？」葉瑋珊一驚，連忙抓著沈洛年的手說：「我……不是這意思……別這樣……」

「管妳的。」沈洛年身體貼著葉瑋珊背後的柔美曲線，輕吻著葉瑋珊脖子和耳根之間，葉瑋珊渾身痠軟間，沈洛年本來放在腰間的那雙手，一上一下開始不老實地移動著。

葉瑋珊身子一軟，站立不住地往下摔，卻被沈洛年那兩手托抱著，跌不下去，她低聲說：「別這樣……剛剛是我不好……」

沈洛年撫弄了片刻，情念更濃，他從後方輕吻著葉瑋珊臉頰，低聲說：「都是妳惹的……我們做吧？」

沈洛年那雙粗糙的大手，有點粗暴地抓捏著，葉瑋珊身上火熱，有點痛，又有點癢，腦海中迷迷糊糊的，想讓他放開，又希望他抓緊一點，聽到沈洛年最後這一句，她喃聲說：「不行……一心和懷眞姊……」

「懷眞不在乎的。」沈洛年托著葉瑋珊坐下，將她抱在懷中輕吻，手已經探入了衣內，一面說：「別告訴一心。」

「不行的……」葉瑋珊這時半轉著身子，仰躺在沈洛年右臂上，上身的衣衫被翻起了半截，沈洛年也沒什麼實戰經驗，一雙手隨處亂探，盡找軟的地方揉撫，葉瑋珊的手無力地抵擋著，想推開又不想推開，心中那種搔癢的感覺越來越強烈。

這一瞬間，沈洛年左手指端探到了敏感處，葉瑋珊輕呼一聲，快速急促地吸了一口氣，又慢慢喘了出來，正迷糊之際，卻突然感到一陣微帶痛楚的不適。

這陣痛使她猛然回過神，忙抓緊沈洛年的手，低聲懇求說：「求你別……我……我不想對不起一心……」

不說也不行嗎？以後葉瑋珊會一直對賴一心有愧嗎？自己要硬來嗎？沈洛年遲疑了片刻……想收手又不願收手，掙扎之間，忍不住憤憤地說：「妳要是眞不願意，就拒絕得堅定一點。」

葉瑋珊聽到這句話，倏然情念盡去，她漲紅著臉，揮手啪地一下給了沈洛年一巴掌，用力把他推開，轉過身縮成一團哭了起來。

沈洛年沉默了片刻，直到葉瑋珊哭聲漸小，這才嘆口氣說：「我這輩子就被人打過兩巴掌，都是妳打的。」

「你活該！」葉瑋珊紅著眼睛瞪了沈洛年一眼，忍不住又罵：「無賴！」

沈洛年可不是憐香惜玉的個性，忍不住瞪眼說：「怪我喔？還不是妳先開始的！」

「你……你還凶我？」葉瑋珊抱著雙腿縮成一團，臉紅未褪，不可置信地說：「我……我只是想抱抱你……」

「抱我幹嘛？我又不是妳兒子！」沈洛年說。

「小純抱你就都沒事。」葉瑋珊說：「我……」

「媽的！笨蛋！妳和小純怎會一樣？」沈洛年憤憤地說。

葉瑋珊心裡一熱，她望著沈洛年片刻，這才低聲說：「我只是……也想像小純這樣抱抱你，我雖然選擇了一心，但你在我心裡，一直是很特別的……」

沈洛年沉默下來，自己何嘗不是？對葉瑋珊的感情雖已經淡去，但她在自己心中的分量就是和別人不同，慾望更是未退，她這麼做，倒也沒有惡意，只是低估了她自己的吸引力。

葉瑋珊看沈洛年不說話，停了片刻又委屈地說：「你剛剛最後那話，好傷人……我不是一直叫你別這樣嗎？還能多堅決？我又不是對你沒……沒感覺……」說到這兒，葉瑋珊又哭了出來。

沈洛年無話可說，只好道歉：「好啦，對不起啦……妳就當被狗咬了吧。」

「去你的！」葉瑋珊忍不住笑了出來，她淚漸漸止住，一面整理衣衫，一面憤憤地說：「我都叫停了，居然說『管妳的』……你好過分！」

「算了、算了。」沈洛年嘆口氣說：「妳回去吧，拖得太晚，讓一心懷疑就不好了。」

葉瑋珊臉龐微紅地說：「我告訴過他，我會和你聊聊……剛剛他是故意先走的。」

「媽的，眞大方。」沈洛年瞄了葉瑋珊一眼說：「我還是應該趁機把妳給吃了。」

「你……你想吃我就讓你吃嗎？」葉瑋珊又好氣又好笑，拿出匕首指著沈洛年，紅著臉啐聲說：「我這次會抵抗的。」

「要試試看嗎？讓妳先出手！」沈洛年翻白眼說：「先說好，這次又中途喊停我可不理會。」

葉瑋珊遲疑了半天，面對著這無賴，終於還是不敢嘴硬。她收起匕首，漲紅著臉低下頭說：「你這欺負人、不講理的壞蛋。」

媽的，又是那副可口的樣子……沈洛年不願多看，別開臉嘆了一口氣說：「說眞的，沒其他事妳就回去睡吧，在這待太久畢竟不好。」

葉瑋珊聞言，望著沈洛年輕聲說：「我現在一走，你就會離開了吧？不會等到早上。」

沈洛年確實做這打算，沒想到被葉瑋珊識破，他微微一怔，也不抵賴，點頭說：「反正該說的都已經說了，再送行一次也沒意思。」

「那我怎麼跟小純交代？」葉瑋珊說。

「讓她哭吧。」沈洛年聳肩說：「哭夠就不哭了。」

葉瑋珊眉頭皺起，想想又說：「李大哥好像也想找你聊聊。」

「我和他又不熟，聊什麼？」沈洛年說：「如果是重要事妳再告訴我。」

看沈洛年堅持要走，葉瑋珊搖搖頭嘆了一口氣，站起身對沈洛年躬身行了一禮說：「這段時間，謝謝你。」

「又謝，無聊。」沈洛年從壁上取下飛梭，把凱布利縮到腳下，飄起說：「小純就拜託你們……萬一出了什麼事，馬上告訴我。」

「嗯。」葉瑋珊走近兩步說：「我……會定期跟你聯絡。」

沈洛年凝視著葉瑋珊，沉默幾秒後，微微搖頭說：「懷眞現在不在我身邊……我們沒事還是少聯繫，對彼此都好。」他說完一轉身，往北飄了出去。

葉瑋珊思忖著沈洛年最後的語意，心中五味雜陳，怔立良久後，她才穩住情緒，緩步走出森林。

ISLAND
區區一個人類

今日恰逢陰曆正月三十，星空無月，在一片暗影之中，沈洛年孤身一人往北飄行，那些熟悉的炁息，漸漸地被自己拋在遠處，沈洛年心中也不免隱隱起了一絲寂寞的感受。

不過他畢竟是慣於獨處的人，很快就把這念頭拋開，開始思索著自己之後的計畫。

想了想，除了等候懷眞之外，現在倒也沒什麼必須做的事情，不如現在就趕去那個什麼歲安城，把狄靜老太婆宰了，永除後患。

不過他們說那兒鋪了壓縮息壤磚，無法引妖炁……自己本就不能引炁且不提，凱布利不知會不會受影響？這倒要先試試，沈洛年心念一轉，稍微一偏方向，往另一個地方飛去。

數十分鐘後，沈洛年飛到了當初暫居的小山谷。

除「壓縮息壤磚」之外，道息排斥最厲害的地方，就是這高原深處的許多小山谷了，沈洛年當初住的地方也算是其中之一。

他選擇這種地方居住時也曾考慮過這一點，這地方深入山中，除變體者之外，一般人不容易到達此處，但變體者到這兒炁息又會大幅降低，也不會想來，剛好適合隱居。

不過當了「採花賊」之後，想必這兒也有人搜過了……沈洛年目光四面一掃，卻有點吃驚，除了房子似乎因爲地震坍倒外，原本在谷中的湖泊，朝外的那片瀑布山岩已經崩落，變成一片斜坡，只剩下中間一條小河穿過，看來當初的地震，倒眞是影響不小。

沈洛年四面望望，找了個山壁凹縫靠上，一面試著讓凱布利充入妖炁，卻意外地發現，凱布利體內的妖炁量居然沒有減少多少，看來一般人的妖炁會受周圍道息影響，凱布利的妖炁卻因爲直接由道息轉化，轉化過程中道息與妖炁互相混雜，反而不受此限制……

這倒好了！凱布利的妖炁雖不算強，但應該還能應付一般槍彈……到歲安城裡面，除了掛著洛年之鏡的白宗等人外，自己恐怕找不到對手。

沈洛年暗暗好笑，總門應該沒想到，建了座這種城，會這麼方便自己找他們麻煩？等會兒可要好好找狄靜算帳。

沈洛年一面想，一面翻了翻坍下的木屋，卻見裡面東西並沒減少，當初到處撿來的衣服、褲子、背包、布鞋都還在，沈洛年這可開心了，反正時間充裕，索性脫光衣服跳下河川中洗了個冷水澡，順便讓剛剛那沒能宣洩掉的激情，慢慢地冷靜釋放。

片刻後，他裸身泡在水中、望著天空的星光，總覺得自己似乎忘了什麼，又想不起來……他爬起身，離開河面，闇靈之力稍稍一迫，身上瞬間乾燥，沈洛年披上血飲袍，戴上金犀匕，一面穿褲子，一面望著這本來應該是整片湖水的下凹山谷。

到底忘了什麼？看著已經乾涸的湖底遺痕，又回頭看了看有點距離的頹傾木屋，直到把外衣也套了上去，沈洛年才突然想起——當初扔到湖裡的那把闇靈媒介闊刀短劍呢？

沈洛年點起飛梭燈，四面飄掠了一下，沒看到什麼會發出反射閃光的物體，卻不知道那劍是不是沉到爛泥堆裡面去？又或者山崩時，被沖到山下另一個湖泊了？

那不是什麼好東西，若被人撿去可有點麻煩……沈洛年想了想說：「輕疾，那把劍還在這兒嗎？能不能告訴我在哪兒？我想辦法毀掉。」

很不意外地，輕疾說：「這是非法問題。」

「那可是召喚闇靈的道具呢。」沈洛年忍不住說：「你不是不希望出現屍靈之王？」

「確實不希望。」輕疾說：「但我不能違反原則，否則當初本體就直接阻止你使用了。」

沒法依賴這傢伙……沈洛年不再發問，自己思索著，帶走小純的時候是十月上旬，之後的半個多月，總門可能搜過這兒幾次，但那時還沒地震，劍躺在湖裡沒人知道，應該不至於被發現；而十一月開始地震，天下大亂、鑿齒來犯，加上災後重建，總門的人應該也沒空來這兒才對。

那麼該是埋在土裡面了，沈洛年四面望了望，心中稍安，除非有人知道這兒有寶，該不會特別來這兒翻泥土，暫時還算安全……等自己以後無聊，再來慢慢翻找也無妨。

他回去拿出那個喜歡的皮製斜背包，把幾件衣褲塞了進去，當下飄身而起，向著歲安城的方位飛了過去。

這兒離歲安城雖然有幾十公里遠，但對沈洛年來說，自然不用花上多少時間，不過為避免引人注意，接近的時候，沈洛年還是把凱布利的妖炁降低，慢慢地接近。

沈洛年飄落在歲安城後方一個數百公尺高的山峰上，記得這山似乎叫作九迴山，卻不知為什麼取這名字？

山腳下的歲安城，佔地可不小，正方形的城基，長寬差不多有四公里，那厚達三公尺寬的城牆還沒完工，一塊塊壓縮乾燥的大型息壤土塊放在一旁，卻不知要堆到多高？

城內的路面，鋪設著小型的息壤磚，房屋的主要建材似乎也是息壤磚。沈洛年過去曾拿息壤土在傷口緊急處理上，知道息壤土具有頗高的凝聚力和黏性，乾燥之後也挺堅硬，倒沒想到總門已經掌握了這種技術，利用息壤土當成一種很方便的建材。

歲安城裡面雖然還有不少地方有大片空地，並未鋪設息壤磚，但在周圍都是壓縮息壤磚的情況下，這城裡面道息已經十分稀薄，甚至比高原深處還稀少，對一般妖怪來說，應該很不願意接近這地方才是。

除了一般的規劃外，在九迴山腳西端，一道似乎由人工引入的支流從城北穿入，再由城南流入攔妖河，供給城內的用水，看城北端蓋了好幾個大型的水塔，而城內不少地方還在開挖，似乎正做著下水道工程，看來這兒未來的居住環境，除了欠缺電力之外，應該挺現代化。

有規劃的地方還不只歲安城內，西、北兩面一樣規劃了道路、住宅區和市集，城牆外還蓋了不少簡便的木造房屋；至於東面和南面的緩坡，則規劃出一片片農牧地，田地間農宅分立，看來也是一派熱鬧景象，比當初人們散落在山間小村、各自為政的感覺好了不少。

沈洛年看了看，倒也有點佩服，總門不只是想爭權而已，倒也有些頭腦，似乎挺為人民著想。他目光轉了轉，發現因城內還在施工，其實大多數人都還住在城外，畢竟水路相關管線都要鋪設妥當之後，才方便居住；而大部分的變體者，似乎也都分散在城外，其中以西面靠河的港口和城牆之間，住的人數最多。

說不定這些變體者打算一直住在城外呢？畢竟城外道息量豐足，比城內舒服很多，當鑿齒大隊攻來時，再退入城內即可，若敵勢不強，可以只讓一般人民退入，留下變體者在外戰鬥，也無後顧之憂。

沈洛年想著想著，突然一怔，再過幾個小時天就要亮了，要找那老太婆，可不能一直在這兒看下去，不過話說回來，這下面近萬名變體者，該怎麼找起？

雖說狄靜應該也吸收了不少妖質，炁息該強於普通的變體者，但稍強的少說也有好幾十人，而且狄靜那把年紀，也未必是最強的幾人，若是找錯了，豈不是把消息傳了出去？總不好見一個殺一個吧？

自己沒想清楚就闖了過來，似乎不大對……當然，如果一定要找狄靜的話，可以掩去自己的外貌，花幾天時間到處打探，先確定她可能出現的位置，就比較容易下手，問題是一來自己沒那種耐性慢慢找人；二來過兩日之後，葉瑋珊他們就會到達這城市，若恰好在那時宰了狄靜，恐怕白宗他們脫不了嫌疑。

媽的！到底該怎辦比較好？這種偷偷殺人的事情，又不能找葉瑋珊幫忙想辦法，沈洛年抓了抓頭，耐性一失，轉頭朝東方深谷處飄去……反正有白宗眾人保護，狄純短時間應該不會有什麼意外，且等一、兩個月之後，再偷偷來找那老太婆麻煩便是。

□

沈洛年到了深山，隨便找了個地方住下，這次也不用蓋房子，凱布利隨時可以脹成大屋，足可遮風避雨，沈洛年有勁就練練匕首，懶得動就利用時間能力淬鍊精智力，不多胡思亂想，兩方交錯著練習，時間倒是過得很快，一轉眼又過了一個多星期。

今日清晨，沈洛年正躺在凱布利內集中精神，突然耳旁傳來輕疾的聲音：「白宗葉瑋珊要求通訊。」

不是讓她少和自己聯繫嗎？沈洛年一面皺眉一面說：「接過來。」

「洛年？」葉瑋珊喊了一聲。

「幹嘛？」沈洛年走出凱布利，揮動匕首活動著身軀。

「總門今早偷偷摸摸派出好幾十組變體部隊，帶著槍彈往宇定高原走，應該是去找你。」葉瑋珊說：「你要是躲在那兒就快離開。」

「爲什麼要離開？」沈洛年問。

「爲什麼？」葉瑋珊一怔說：「什麼意思？」

「這兒可是息壤堆成的高原，以前我不知怎麼用凱布利，加上身上揹著小純才躲。」沈洛年說：「現在不用了，我不怕。」

「那你……打算怎麼辦？」葉瑋珊擔心地問。

「看情況再決定。」沈洛年笑說：「除非你們戴著鏡子來抓我，我才有點危險。」

「胡說什麼！」葉瑋珊嗔說：「我們怎麼可能做這種事？」

沈洛年笑了笑說：「你們遷入順利嗎？」

「還不錯。」葉瑋珊說：「十幾天前抵達時，受到很熱烈的歡迎，我們這十幾萬人趕到，剛好投入歲安城的建設，這兒土地寬廣肥沃、氣候溫和，農牧業都很好發展，不缺糧食，只缺人手。」

「嗯，我有去看過。」沈洛年說：「看起來建設得還不錯。」

「你來看過了？」葉瑋珊有點意外，頓了頓說：「不過現在城外道息比過去濃重不少，不知道鑿齒什麼時候會來犯。」

「對喔。」沈洛年倒沒想到這一點，疑惑地說：「道息再漲之後，他們怎不退到山裡蓋城，不就更安全？」

「這兒若是讓鑿齒佔了，不只失了漁鹽通路，高原山腳下新浮起的大片陸地也都要放棄了。」葉瑋珊說：「這些地面都是四二九之後才爆出的息壤土，只泡在海水中半年，大多只有表層硬化，很容易就可以恢復成耕地，至少比山坡地方便。」

這種複雜的事情沈洛年就沒興趣了，他無所謂地說：「那就只好準備和鑿齒打囉，不過……刑天就不用提了，有些鑿齒也挺強，只是當初還沒過來，你們要小心。」

「那就要看這城能不能守住了。」葉瑋珊沉吟說：「壓縮息壤磚確實讓變體者和引仙者很不舒服，妖怪應該更討厭吧？」

「那就要快點蓋好城……」沈洛年頓了頓說：「如果總門當初西邊那個堡壘眞的被鑿齒毀

了，鑿齒早晚一定會殺來的。」

「怎麼說？」葉瑋珊問。

「總門當初在那兒獵殺鑿齒煉妖質啊。」沈洛年說：「裡面屍體一定不少，鑿齒看到還不火大嗎？」

葉瑋珊大吃一驚說：「他們居然做這種事？難怪有辦法拿妖質當錢幣。」

「總之你們小心。」沈洛年說：「沒事就這樣吧？我去山裡打獵。」

「打獵？」葉瑋珊意外地說：「山上有動物繁殖了嗎？」

「去獵『人』。」沈洛年說：「你不是說有人要來抓我嗎？我去看看有沒有欠宰的。」

葉瑋珊噗嗤一聲笑了出來說：「我緊張得要命，你倒輕鬆得很。」

「反正打不過我會逃。」沈洛年說。

「洛年。」葉瑋珊突然說：「你這人，真狠心。」

幹嘛突然罵上一句？沈洛年一愣說：「怎麼？」

「你明知道小純一定哭得要死，居然問都不問。」葉瑋珊還有點不高興地說：「我故意不提，你還真的忘了？」

「不然怎辦？」沈洛年說：「問了又沒用。」

葉瑋珊也不知道是不是生氣，停了幾秒才說：「小純……她有些地方，眞像孩子一樣，一直問我你什麼時候會回來……她有時還會說傻話，說要是她被抓你是不是就會回來，氣得我想罵人，但數落沒兩句她就哭了，又害我說不下去。」

狄純在某些事情上確實只有八、九歲的心智……她其實像是個揉和了八歲、十四歲、九十八歲三種歲數的女子，只是所佔的比重各自不同而已。沈洛年想了想，嘆口氣說：「她以前很可憐，所以把我當成親人……妳們只要多照顧她，她慢慢就會忘了我。」

「你也可以偶爾來看看她啊。」葉瑋珊不再提此事，接著說：「你和我們一起來的事，知道的人很多，當然瞞不了人，總門打探時，我們只說你們兩個一起走了，其他一問三不知……其實你要是躲起來別出面，總門也不知道你是不是留在山裡，應該很快就會死心。」

「這樣嗎……」當對方遠不如己的時候，說實在也有點下不了殺手，只揍幾下趕回去又沒意思，沈洛年想了想說：「好吧，我避一避。」

「那就太好了。」葉瑋珊高興地說：「那些人畢竟也只是服從命令而已。」

兩人結束了通話，上身只穿著血飲袍的沈洛年，揹起背包，踩上凱布利，側頭想了想，索性往東面大海的方向飛了出去。

現在的自己，就算不靠闇靈之力，應該也不用躲在噩盡島吧？只要別遇到像梭狪那種瘋子般的凶獸，普通妖怪自己還可以對付，既然閒著沒事，先去東面那大陸逛逛，幫黃宗儒找找有沒有沒燒毀的圖書館，省得他們以後自己花時間找。

不過如果是美洲大陸，書籍不可能是中文吧？沈洛年搖搖頭，反正想看的人不是自己，倒也不用介意。

這個包圍住噩盡島的大海，粗略來看，大約是個東尖西圓的蛋形模樣，而因爲噩盡島本身是扇形，東方宇定高原的這個地區，南北寬只有兩百公里，所以西南、西北方的大海十分寬闊，但相對地，離東面的大陸反而不遠，最近距離正如沈洛年所言，也只有兩百多公里。

沈洛年飛越兩百公里不用花多久時間，半個多小時後，已經到了東方大陸邊緣。

就和澳洲、亞洲一樣，靠近噩盡島這一面的沿海，扭擠的狀況十分嚴重，彷彿有股巨力把這大片陸塊往海面下塞，一面擠入的同時，一面把邊際的陸塊壓迫得扭曲隆起，不少地方都是百千公尺的懸崖峭壁。

若搭船來這兒，上岸的地方還不大好找呢。沈洛年沿岸飄了一陣子，找了幾個可能適當的所在，這才慢慢地往岸上探去。

飛過了約莫百多公里，後面的地形漸漸平整，該是屬於沒被推擠到的區域，沈洛年看到一片又一片的岩山峽谷，這兒妖族似乎極爲分散，飛出頗長一段距離之後，偶爾才會感應到一群妖族……

沈洛年飛著飛著，又穿過一片山區，飄入一個寬闊的連綿高原區，突然感應到一股妖炁正從遠處爆起，對自己的方向衝來。

不會吧？沈洛年微微一愣，那妖炁遠在二十餘公里外，就算感應到自己，也不至於視自己爲敵才對啊……除非又是梭狪之類的凶獸？沈洛年不想和對方糾纏，也不等那股妖炁接近，轉向就往南折。

但沈洛年只是瞬間加速快，極速卻不如許多妖怪，飛出不到三公里，對方的妖炁已經越來越近。沈洛年暗叫不妙，梭狪只會跑，追不上自己，這妖怪似乎會飛，而且速度不慢……看來非打不可，早知道留在噩盡島和那些變體部隊玩就好了……

眼看逃不脫，沈洛年手摸在金犀匕上，直角轉向往東，一面觀察著逐漸接近的妖怪。

這麼一看，沈洛年不禁吃了一驚，那是一隻巨大的龍首馬身妖怪，紅色軀體、金色鬃毛、渾身泛出熾焰般的妖炁，一臉怒氣地衝來……這不是麟犼嗎？

這傢伙妖炁量龐然巨大，似乎和懿丹母親差不多，自己打不打得過是另外一回事，但根本沒必要打啊……眼看那傢伙還隔著半公里遠，身子未停，嘴一張，一顆巨大火球就轟了過來。

沈洛年連忙閃開，一面喊：「住手！」他喊出聲響的同時，那火球撞上不遠的山壁，轟然炸開，炸起一大片煙塵。

喊住手似乎沒用，那巨型麟犼速度依然不減，沈洛年看對方越來越近，可不敢停在那兒，對方要是接近了一口咬下來，自己可承受不了。他把背包隨手一扔，身子倏然閃動，只見空間中突然出現五個相隔十餘公尺的分身人影，沈洛年一瞬間閃出了數十公尺外。

麟犼眼一花，呆了呆，望著沈洛年停留的地方又撲了過去，不過似乎多了幾分好奇的心態。

現在是怎樣？沈洛年又換了一個方位閃避，麟犼撲了一個空，詫異地四面張望，這才發現沈洛年又跑開了老遠。她一怔，怒氣又提高兩分，朝沈洛年一吼，又是一顆巨大火球衝了過去。

這傢伙脾氣眞壞。沈洛年只好繼續閃避，幾個挪移，又飄到了麟犼身後，一面叫：「住手，我不是來打架的！」

麟犼比繞圈轉向自然比不過沈洛年，眼看忽前忽後好幾個人影，麟犼突然怪叫一聲，一聲長嘯往外傳了出去，遠處七、八道妖炁立即爆起，同時往這兒衝來。

媽啦！叫幫手了？這可糟糕，閃一隻的攻擊還好，一群可未必好閃，逃又沒她們快……這下該怎辦？沈洛年又逃了兩圈，突然喊：「妳認識餤丹嗎？她是我朋友！」

這麟犼一怔，終於停下，歪著頭說：「你認識丹兒？」

「對啊。」沈洛年想了想說：「我闖入了妳們的家嗎？我分不出界線啊，而且妳們不是不打弱者嗎？」

「你聞不到味道嗎？」麟犼看著沈洛年，又冒起三分怒氣說：「你移動很快，不弱！」

「我只有移動快，妖炁很少啊。」沈洛年說。

這倒是真的……麟犼瞪著沈洛年說：「那你幹嘛跑來跑去？」

「妳這樣衝過來，看起來很恐怖啊！」沈洛年瞪回去。

麟犼一怔，倒是有三分得意，怒氣又減三成，不過似乎還是不很相信沈洛年。

這時，一頭速度最快的成年麟犼已經出現在不遠處，沈洛年感覺到對方妖炁比這隻還強大許多，頗有祖母級的味道，連忙說：「快幫我解釋，我可不是來打架的。」

「你來找小丹的嗎？」麟犼想了想，突然醒悟說：「你就是九尾天狐的人類朋友？」

「是。」沈洛年頓了頓才說：「但我只是剛好經過……餤丹在這兒嗎？」

這時那隻強大的麟犼已經接近，看這兒居然聊了起來，她有點訝異地減速，有些不滿地開口說：「雲兒，怎不動手？」

「是丹兒的朋友。」被稱作雲兒的麟犽回答：「他說是誤闖。」

沈洛年跟著說：「而且妳們不打弱的，不是嗎？」

「確實很弱！」強大的麟犽瞪了雲兒一眼說：「區區一個人類，叫我們來幹嘛？」

「他跑很快！」雲兒不甘願地喊：「我抓不到他。」

那麟犽一怔，瞄向沈洛年，似乎有點懷疑。沈洛年忙說：「反正我沒有敵意，剛剛只是努力逃命，一點也不強。」

這時另外好幾隻強弱不同的麟犽也已經趕到，四面圍了起來。沈洛年目光轉過去，覺得其中一隻挺面熟，他啊地一聲說：「錟潮？小丹的媽媽？」

那隻麟犽果然是錟潮，她看了沈洛年片刻，訝異地說：「你是那個……叫洛年的人類？」

「對啦。」沈洛年說：「我是洛年。」

「就是丹兒的人類朋友？」強大麟犽沉聲說。

「嗎。」錟潮回頭說：「確實是丹兒的朋友。」

「就算是丹兒朋友，也不能擅闖我們疆域。」那麟犽瞄了沈洛年一眼，哼聲說：「九尾天狐我們麟犽一族不怕，看在你妖炁孱弱的分上，滾吧。」說完妖炁一迸，往來處去了。

一般人聽到這句話，可能會很生氣，沈洛年卻看得出那強大麟犽其實沒抱什麼惡意……麟犽在某方面其實和自己有點像，單純就是不想交朋友，所以說話難聽而已，不過小燄丹這種個性還不很強烈，也許因爲她還小，對外面的人事物還有點期待吧？

沈洛年既然產生了奇妙的認同感，也就不在意了，搖頭笑了笑，飄身落下，撿起了背包往外飛，雖然搞不清楚麟犽的疆界到底怎麼定的，到時候提醒賴一心他們，離這兒遠些就是。

沈洛年剛飛出不遠，突然身後一股妖炁騰起追來，他一愣回頭，卻見一個十三歲左右的裸體少女，揹著一柄只比身高略短的稍寬長劍，正朝這兒御炁直衝。

那女孩披散著一頭波浪般的黑色長髮，鵝蛋小臉上有對明亮的鳳目，那結實修長、有著漂亮古銅色肌膚的勻稱裸體剛開始顯露女性的曲線。此時她正有點開心地對沈洛年揮手，一面快速接近。

「小丹？」雖說沈洛年對沒興趣的異性裸體不起感覺，但還是忍不住皺眉說：「怎麼不穿衣服？」

「穿衣服，一下就髒掉、破掉。」燄丹瞪大眼說：「你剛剛來找我嗎？」

「我不知道妳住這兒。」沈洛年苦笑搖頭說：「只是剛好闖了過去。」

「喔？」燄丹想了想，又說：「懷眞姊姊呢？小芷、小霽呢？」

「懷眞閉關去了，小芷她們和媽媽、奶奶在一起。」沈洛年說：「妳們麟犽的範圍到底怎麼判斷啊？剛剛差點被揍……那大概也是妳長輩。」

「你遇到的是雲阿姨，她叫燄雲。」燄丹微笑說：「我們每天都有人在疆界繞行，留下氣味，靠氣味來判斷疆界。」

「那萬一下雨天，氣味消失了呢？」沈洛年問。

「不會的。」燄丹搖頭說。

「總之我們人類聞不到。」沈洛年搖搖頭說：「那不是很倒楣嗎？不小心經過就挨打。」

「一般人類的炁息不強，麟犼通常不會理會。」燄丹看著沈洛年，好奇地說：「你剛剛移動速度太快，雲阿姨才出來查看……你以前不是飛不快嗎？現在怎能飛這麼快？我都追好一陣子才追上。」

「因爲凱布利變強了。」沈洛年隨口說。

「是強了一點，但……還是很弱啊？」燄丹大皺眉頭地說：「這種妖炁量，怎麼能這麼快？」

「無所謂啦。」沈洛年懶得解釋，揮手說：「妳自己跑出來，妳媽不會擔心嗎？」

「媽媽現在偶爾會讓我自己出去走一下喔。」燄丹得意地說：「你是來找人類的對嗎？媽媽讓我帶你去。」

「咦？」沈洛年微微一愣說：「這附近有人類？」

「有啊，一群從東南邊來的人，走到犬族的地盤，被其中一支圍了好幾天。」燄丹說：「再拖久一些，可能會死光喔。」

犬族？類似當初台灣出現的狗妖嗎？聽說那種妖怪不強，不過如果被圍住的是普通人，或者其中只有幾名變體者的話，當然會被困住……既然知道了，順手幫幫也是無妨。沈洛年點頭說：「那就去看看。」

「好啊！」燄丹伸手說：「和以前一樣嗎？拉著你走？」

「等一下。」沈洛年說：「妳先穿衣服。」

燄丹皺眉說：「不要！」

「變人就得穿衣服，不然別人會知道妳是妖怪。」沈洛年說。

「知道就知道。」燄丹昂起頭說：「我不怕！」

這些麟犼可真難伺候，沈洛年念頭一轉，故意說：「不穿衣服，人類會看不起妳。」

「吼！」燄丹瞪眼說：「誰敢看不起我？我咬死他！」

「他們不敢說，心裡會看不起。」沈洛年說：「穿著衣服才會尊敬妳。」

「這樣嗎？」燄丹遲疑了片刻，這才說：「好吧。」

還好找到窺門後不難哄騙，沈洛年鬆了一口氣，從背包裡面取出一套上下衣褲說：「髒了再換乾淨的，套上吧，劍先給我。」

「穿衣服，髒了、破了很麻煩，媽媽都會罵我。」懿丹不甘不願地穿上略嫌寬大的運動衫褲，一面皺眉捲著過長的袖口、褲口，一面嘟起嘴抱怨：「粗粗的磨來磨去不舒服，癢的時候隨便一抓就破了。」

「很好看啊。」沈洛年幫懿丹把長髮拉出衣外散下，重新配上那把造型古樸的寬劍，一面有點意外地說：「這劍……」

「奶奶給我的喔！」提到劍，懿丹忘了衣服的事，得意地說：「聽說是以前祖先留下的武器。」

「我好像看過類似的。」沈洛年一時卻想不起來在哪兒看過，懷眞當初蒐羅的寶物也沒這種。

懿丹微微一愣，睜大眼睛說：「難道你見過虯龍？」

「啊，對！」難怪總覺得看過，沈洛年點頭說：「敖旅背後就是這種劍。」

「你眞的見過！」懿丹有點興奮地說：「他們是怎樣的？很漂亮嗎？」

沈洛年突然想起山馨告訴過自己，麟犼是虯龍和麒麟配出的混種，而且爲此有點自卑，雖然燄丹還小，沒有這些成見，但自己卻也不適合多提。沈洛年沉吟片刻，一轉話題說：「還不就是妖族？我們先去救人吧？」

「喔。」燄丹性子直率，提過就忘，她望向沈洛年，突然說：「你以前那種怪怪的味道不見了？」

沈洛年不禁有三分得意，前陣子用時間能力鍛鍊精智力時，反正閒著也是無聊，他都照著以前懷真的吩咐，讓道息在全身運行凝聚和仔細體會。幾個月過去，除了精智力大幅提升之外，掌握道息能力果然提高了不少，不會再隨便外溢。

不過這不能說明，沈洛年眨眨眼裝傻說：「什麼氣味？」

燄丹以前就問不出所以然來，想想也不問了，扭頭說：「算了，走吧。」一面抓著沈洛年的手往東方飛。

燄丹飛行速度雖比沈洛年快，但也只是稍快而已，不過燄丹的妖炁比凱布利內斂，雖然仍會有爆出推動的異感，但除沈洛年之外，一般妖怪未必能輕易察覺，比中型以上的凱布利低調多了。

兩人攜手飛出了百餘公里，飛著飛著，燄丹突然往左前方指指說：「那個山後有一支犬族。」

「那兒的妖怪是犬族？」沈洛年有點意外，他早已感覺到那兒山後有數十股大小妖炁，雖不算太強烈，卻也不弱，約莫在普通的牛頭人和刑天之間，如果犬族的強度如此，那些人能抵擋住，還眞的不容易。

隨著兩人繼續前行，繞過了那座山，仔細望去，沈洛年卻見到一個類似原始部落一般的圓錐形茅屋聚落，他意外地說：「犬族怎會蓋房子？」

「會啊。」懿丹說：「和人很像。」

「咦？」沈洛年這時看到屋中有人走出，那人身材彷彿鑿齒般高大，全身長滿長毛，手足似人，但卻頂著一顆巨大的狗頭……不對，那比較像狼頭吧？沈洛年張大嘴說：「狼人？」

ISLAND
狼人與魔法師

「犬族！」燄丹糾正說：「或者叫犬戎族。」

犬戎？沈洛年詫異地說：「犬戎……不是古時中國西方的民族嗎？怎麼變狼人了？」

「我不知道。」燄丹說：「媽媽是這樣說的。」

也許只是名稱類似？且不管名稱，既然有牛頭人，多個狼頭人也沒什麼奇怪……沈洛年不再多問，打量著那些狼人說：「這些狼人……犬族把人圍住了？」

燄丹繼續往前飛，一面說：「圍住人類的不是這一支。」

「喔？」沈洛年詫異地說：「犬族很多支族嗎？」

「很多，媽媽說，北邊千多公里都是犬族的地盤。」燄丹自傲地說：「除了我們麟犼之外，很少有妖仙族敢在犬族的地盤裡面劃下自己的疆域。」

如果長輩都是這麼教，難怪麟犼長大之後會是那副脾氣……不過自己脾氣也不怎麼好，倒也沒立場說人，沈洛年聳聳肩，不予置評。

兩人又飛行了一段距離，燄丹帶著沈洛年落在一處紅土岩坡上，往下指說：「就在下面。」

沈洛年往下看，百餘公尺的下方，是一座針葉谷林，果然有百多道妖炁散布，但……似乎沒有人類的炁息啊。沈洛年詫異地說：「眞有人嗎？」

「有啊。」𧮰丹說：「躲在山洞裡，你看那邊。」

沈洛年順著𧮰丹的指引，往谷中南處看去，果然看到一個大約只有兩公尺寬的山石裂隙，裡面倒是看不清楚，但如果那兒真有人，又沒有變體者……難道靠槍彈能守住？

不可能啊……沈洛年不大能理解，想了想才說：「小丹，謝謝妳帶路，妳回去吧，我看看該怎麼辦。」

「我幫你！」𧮰丹解開寬劍上方的活扣，拔出劍說：「我不怕犬族！」

「麟犼離開家，不是不能主動出手嗎？」沈洛年詫異地問。

𧮰丹有點得意地笑說：「犬族很討厭人類，他們不知道我是麟犼，會主動出手，我是自衛！上次你教我的。」

呃？沈洛年看了𧮰丹兩眼說：「妳媽知道嗎？」

「別跟我媽說……每次有敵人出現，她都不讓我動手。」𧮰丹眨眨眼說：「她剛叫我馬上回去，但慢一點點沒關係。」

難怪剛剛𧮰雲大吼叫人的時候，𧮰丹沒出來迎敵。沈洛年搖頭說：「這樣不妥，妳還是回去。」

「不要！我也要打架。」𧮰丹頓足說。

「就算妳比他們強，這下面有百多隻耶，圍上來妳能對付嗎？」沈洛年說。

「唔……」啖丹煩惱了幾秒，最後搖頭說：「我不怕！」

這不是怕不怕的問題吧？沈洛年不禁有點苦惱，啖潮好心讓啖丹來帶路，若讓啖丹在這兒受傷或死亡，甚至幫麟犼一族惹來敵人該怎麼交代？但自己又怎麼阻得住這愛打架的小鬼？啖潮這媽媽也真是太不小心了，以爲自己女兒永遠是乖寶寶嗎？

沈洛年沉吟片刻後說：「說不定不用打？他們看到人類都會攻擊嗎？生活方式這麼像人……應該會說話吧？能不能溝通看看？」

「不知道耶。」啖丹歪著頭說：「媽媽沒說，不然我陪你下去試試。」

讓她跟下去的話，打起來她怎麼脫身？沈洛年心念一轉說：「他們不會飛吧？」

「不會吧？」啖丹搖頭說：「妖炁能持續外散的妖族聽說不多。」

也就是說，除了少數妖怪之外，大多都像人類的發散型變體者一樣，能飄行一段距離，但需要落地換氣……這倒是好消息，沈洛年點頭說：「那妳遇到敵人太多就先飛空撤退，不要死拚！」

「麟犼不逃跑！麟犼不怕死！」啖丹瞪眼。

「撤退不是逃跑。」沈洛年頓了頓說：「分成幾趟，慢慢把對方殺光也是辦法。」

啖丹遲疑著，似乎還是不大同意，沈洛年只好用出殺手鐧：「妳不聽話，我就用輕疾找妳媽來帶妳回去。」

「啊！」啖丹氣呼呼地說：「怎麼這樣！好嘛、好嘛！」

其實沈洛年根本不知道啖潮的使用名稱，甚至也不知道啖潮有沒有使用輕疾，不過啖丹個性單純，倒是被唬住了。

總算討論妥當，沈洛年正想往下走，突然看到一個穿著黑色修道服的白髮長鬚白人老者，從那山洞中緩緩走了出來，奇怪的是，他身上似乎籠罩著淡淡一層古怪的藍色光暈，與此同時，洞口那兒出現一個穿著洋裝、微微駝背的白人老婦，她戴著一副有點污損的眼鏡，身上則泛著紅色光暈，正緊張地看著走出洞外的老者。

那是什麼光？有點「炁」的感覺，卻又很淡薄，也不像人類的炁息，反而有種高潔純淨的味道……比較像懷眞、麒麟那種高等妖仙的氣味。

山洞裡面本來並沒有這種炁息感，怎麼突然又出現了？這些人隱藏妖炁的能力竟然和強大的妖怪差不多？而這人若是普通人，明知道外面有狼人圍困著，怎敢一個人往外走？

沈洛年詫異地低聲說：「眞的是人類嗎？不是隱蔽炁息的強大妖怪？」

啖丹嗅了嗅，搖頭說：「是人類的氣味啊。」

那老者往外走了幾步，站在山洞外的空地，四面張望了片刻，緩緩往外邁步，逐漸接近林緣。沈洛年感應得清楚，外圍有幾道妖炁都已經鼓起，蠢蠢欲動，不過老者似乎一點感覺都沒有，他一步一步地走，眼看逐漸走近一道妖炁，懿丹不禁有點緊張地說：「不用下去嗎？」

若眞是強大妖仙，這些狼人根本不是對手吧？沈洛年搖頭說：「他該不至於傻到出來找死，先看清楚。」

這時，那狼人似乎已經忍不住了，猛然一蹦，強大的妖炁匯集在一雙強壯的手爪上，對著老人抓去。

他這一蹦，周圍七、八名狼人都忍不住衝了出來，有人向著老者攻擊，有人對著山洞奔，還有人想攔住老者的退路，但就在這瞬間，一股藍色炁息無端端地從虛空中湧出，帶著老者快速地往後飛掠，居然比所有狼人都還快一步抵達山洞。同一時間，老婦口中默唸，一片兩公尺寬的漂亮艷紅色圓形光陣，在洞口冒出，光暈周圍白芒流轉，彷彿法陣般地在洞口垂直立起，狼人一撞上去，馬上被一股力量逼退。

老者回到洞口，沒立即離開，他用沈洛年聽不懂的外文喊：「我們只是經過這個地方，不是敵人，可否讓我們通過？」

狼人卻一點也不理會，依舊往內撲。那老者會的語言倒不少，一下說了七、八種不同語言，連中文都冒了出來，輕疾除中文以外，每句都照翻，話語的內容倒是大同小異，都是一樣的要求。

「狼人聽不懂嗎？」沈洛年低聲問輕疾。

「聽得懂，但不理會。」輕疾說：「當初一小部分因妖炁孱弱而留在人間的犬族血脈，經過三千多年，幾乎被人類完全殺光，所以這些回返人間的犬戎族，對人類十分憎惡。」

這麼說，狼人果然不全是虛構的？而且早已結下了這麼大仇恨？

沈洛年暗暗皺眉，雖然說對方恨人類情有可原，但人類當然也不能引頸就戮……媽的，不用談了，大家殺個痛快吧。

下方狼人們正一面嗥叫，一面夾帶著強大的妖炁衝撞，但那片光暈總是鼓出相應的炁息應對。過了片刻，那老婦似乎有點疲乏，一個身材削瘦的中年人，出現在洞口，口中默唸了幾句話，另一個橙色光暈法陣閃現出來，老婦這才收手往後退，似乎到洞裡休息去了。

「這是什麼法術？有點像瑋珊她們的咒術……但沒感覺到玄界之門……」沈洛年低聲問。

「這是我提過的精靈魔法，應龍創自北歐而流傳的術法，現在會的人十分少。」輕疾低聲說。

「咦？」沈洛年吃驚地說：「就是你以前說的，用精智力的東西？為什麼叫精靈魔法？和你們這些精體有關嗎？」

「精體和精靈是不同的。」不知是不是因爲錟丹在旁邊，輕疾說話特別小聲，他接著說：「精靈強大而沒有實體，無法來到人間，只能留在妖界，藉著精智力交換的契約，提供不同的能力。」

下方狼人們衝撞了一段時間後，眼見無效，又退了開去，散到周圍林中……這時，另有一個年輕女子出現，她站在男子身旁默唸了幾句，男子一收光圈，退了進去，而洞口周圍則浮起了一片若有似無、微弱而柔和的炁息。

若不是剛看到那一場戰鬥，沈洛年根本就不會注意到那片淡如無物的炁息……那莫非是保護用的魔法？

「這是什麼呀？」錟丹也沒看過這種東西，詫異地說。

「魔法。」沈洛年回答。

「應龍的魔法嗎？」錟丹吃驚地說：「居然還有人類會？」

「妳聽說過啊？」沈洛年反而有點意外，轉頭說：「那是什麼？」

「你不是比我清楚嗎？」錟丹迷惑地看了沈洛年一眼，這才說：「我聽奶奶提過，說那是種取得精靈力量的方法，當初應龍退去西方蠻地後，創出和教會人類這些法術。」

「應龍幹嘛教人類？」沈洛年疑惑地問。

「好像是想要人類幫忙打回東方吧？」懿丹沒什麼把握地說：「但魔法好像很倚賴遺傳和天分，過度使用又傷身體……能學會的人類很少，後來應龍就放棄了，沒想到居然還有流傳。」

自己有不怕傷身體的特殊訓練法，精智力應該已經比一般人強吧？不過輕疾上次提過，學魔法除了精智力之外，還需要耐心、細心等等，這些自己都嚴重不足，倒不用打拜師學藝的主意了。

看下面的狀態，他們似乎是尚可自保，但卻不敢貿然往外走，如果不把這些狼人趕跑或殺光，倒不容易救人。

沈洛年回頭對懿丹說：「正面打大概打不過，我們偷襲吧？」

「偷襲？」懿丹皺眉說：「麟犼不偷襲！」

規矩眞多，沈洛年皺眉說：「那……妳在這等我？」

「我下去亂打。」懿丹建議：「你偷襲。」

這也不是不行，反而很方便自己的行動，問題是……沈洛年沉吟說：「妳保證有危險會『撤退』？」

「唔……」燄丹遲疑了一下。

「否則我馬上叫妳媽來喔。」沈洛年說。

「好啦！撤退就撤退。」燄丹嘟嘴說。

「就這樣。」沈洛年說：「我先走，妳數到一百之後才下去。」

「數一百？要數多快？」燄丹問。

「隨便。」沈洛年一轉身，踩著扁平的凱布利往山下飄，從另一個方向閃入山下的密林。

燄丹愣了愣，只好盡快數了數，好不容易到了一百，燄丹拔出寬劍，放出妖炁，往下方跳了下去。

燄丹守著麟犼的規則，不主動挑釁，她在洞口外走了兩步，探頭看了看那小片有淡淡妖炁的地方，看不出所以然來，當下扭身往外，學著剛剛那黑袍老者的走法，往林邊走去。

不過說也奇怪，她繞了兩圈，犬族卻一點也不理會她，有些都已經走到了近處，對方依然毫無反應。

燄丹不明白怎會如此，她想了想，把寬劍又收回背後的劍鞘中，空著手走來走去，但預期的攻擊，仍然沒有出現。

燚丹不明所以，越走越悶，按規矩不能主動出手，沈洛年又不知道已經躲哪兒去了，她不知該怎辦，只好嘟起嘴站在場中，扠腰生氣。

而沈洛年，爲了避免被感應到妖炁，落地之後，連凱布利都收了起來，他身體放輕，點地飄行，正往埋伏在最外面的狼人接近。但在距離約莫十公尺左右的時候，卻發現對方突然抬頭，往後方望來。

沈洛年吃了一驚，還好他早已開啓了時間能力，在對方頭往上的那一瞬間已經閃到了樹叢後，卻見那狼人一面對著空中聞嗅，一面露出古怪的迷惑神情。

他聞到了自己的氣味嗎？這些狗鼻子還眞麻煩……沈洛年趁著對方目光轉開的時候迅速地換位，一方面讓對方難以捕捉到自己的正確方位，一面想辦法接近。

就在這時，很快速算完一百下的燚丹，夾帶著一股妖炁落到林間，這一瞬間，那狼人的目光往那方向轉過，一面露出了緊張和害怕的氣味。沈洛年見機不可失，輕輕一踢地，身形倏然往前衝，對著那狼人背心衝去。

但就這麼輕輕踢地，傳出的「答」地一聲輕響，狼人耳朵一陣抽動，迅快地轉頭往後查看，但沈洛年已經衝到身後，狼人一驚下妖炁正往外爆，沈洛年那支泛出道息的匕首，已經插入了對方背心的妖炁匯集處，對方的妖炁在這瞬間散化，狼人頭一歪，往下躺倒。

好險……沈洛年抹了抹汗，沒想到點地的力量稍大一些，竟被對方察覺，還好這隻狼人反應不算太快，還趕得上在他爆起妖炁前擊殺，也還好不需要用什麼銀子彈，妖炁一散一樣斃命。

沈洛年扶著狼人躺下，正要拔出匕首，突然心中微驚，這一拔豈不是充滿血腥味？他心念一動，地上撈起泥土抹上狼人背心，闇靈之氣一湧，把傷口收了起來。

不過這兒的泥土不是息壤土，黏度不怎麼夠……看來不能封太久，沈洛年又多蓋了兩層土，想想這樣不是辦法，他心念一轉，反正都要殺人，何必浪費了？他捲起左袖，左手伸屈兩下，準備換一種方式。

說也奇怪，狼人們早就知道𧮰丹飛下，也全神貫注著那兒的動靜，怎麼沒打起來？雖然這是好事……沈洛年接近了另外一個狼人，眼看對方注意力仍在𧮰丹身上，他闇靈之力往左掌透出，手臂上陡然冒出黑氣，一股力量扯著身子輕飄飄地往前掠，無聲無息地拍上對方背心。

狼人正隱藏著妖炁，注意著𧮰丹那面，哪曉得背後突然冒出一掌，一股沉鬱厚重乾澀的力量透入心坎，他連喊都喊不出聲音，渾身血脈霎時乾止，身上騰出一片白色輕霧，倒下化為乾屍。

剛抓死了這隻狼人，沈洛年馬上把闇靈之力收回，道息再度泛出，輕飄飄地找下一個倒楣鬼。

沈洛年除了上次和鑿齒大戰外，過去幾次吸收對方的生命力，都只從單臂透出闇靈之力，此時試著在戰鬥中使用，果然不差，剛剛那一剎那，只有心室到左手這條路線恢復了重量，但相對地，闇靈之力瀰漫的左手，卻可以很方便地施力托帶其他部位移動。

而因爲控制道息的能力提升，不用像過去一樣完全收縮到喉間，除灌注闇靈之力的地方之外，其他部分仍充滿道息，不但能感應對方妖炁分布，大部分軀體也能維持輕盈。

當下沈洛年趁著那些狼人分心，從外圍快速地下殺手，一條條生命就這麼被沈洛年拿去增益闇靈之力的強度，而這些狼人的精智力雖然普通，卻擁有十分強大的生命力；生命力雖不如精智力營養，也有增益的效果，沈洛年的闇靈之力正不斷增加。

直到殺了接近一半，狼人才注意到不對勁，也不知誰呼嘯一聲，剩下的數十隻狼人，紛紛往外退。

沈洛年剛一聽呼嘯，便知不妙。他倏然往上，沿著粗大的樹幹後方貼身飄高，凝停在數公尺上方，眼看下方一隻隻狼人往外快步奔出，沈洛年繞著樹幹一轉，又貼到另外一側，躲了起來。

往外奔的狼人們，很快就發現了同伴的屍體，驚呼怪叫聲中，眾人拖著屍體集合在一處，吵鬧不休。這種大家都在說話的場合，輕疾一向不主動翻譯，只會事後補上重點，所以沈洛年也不急著問。他目光一轉，正好看著正在山洞前面生氣的whatever丹，沈洛年不禁暗暗好笑，卻不知道狼人爲什麼不向她撲去？

「他們聞到你的人類氣味。」輕疾正在節錄狼人會議重點：「也發現出了殭屍或旱魃，可是只有剛成形的殭屍才會存留人類氣味，所以他們正討論要先殺裡面的人，還是先搜捕你……還有，對未成年的麟犼突然出現，他們也很訝異。」

「他們看得出小丹的身分？」沈洛年有點意外。

「犬戎族聞得出她的種族味道。」輕疾說：「而且麟犼的天成之氣也有作用。」

難怪沒人敢上，這些普通狼人只怕都嚇呆了，那糊塗惔丹怎麼沒想到這點？還以爲這樣會有架打，沈洛年忍不住偷笑時，狼人們一聲長嘯，紛紛往外奔，剩下的數十隻狼人，一轉眼都奔出了谷中。

沈洛年一怔，收起笑容問：「怎麼了？」

「因爲麟犼的關係，他們決定先不管這批人類。」輕疾說：「要去招集犬戎各族集合搜捕殭屍，畢竟這件事最重要。」

「意思是過不久之後，就會有大軍擠過來？」沈洛年微微一驚。

「合理推測的話……至少要一段時間。」輕疾說：「有殭屍就可能有旱魃或屍靈之王，犬族沒有聚集足夠戰力，不會接近這兒，一般犬族隨便接近，反而會增加屍靈。」

得快叫下面的人開溜，沈洛年踏著凱布利，對著山洞那兒飛去。

一看到沈洛年，裧丹馬上跳上去抱怨：「為什麼沒人找我？好無聊！」

「他們聞出妳是麟犼吧？」沈洛年笑說。

「啊！」裧丹猛頓足說：「我怎麼沒想到？」

「妳回家吧。」沈洛年說：「剛剛聽到他們說，要找一大群很厲害的狼人來這兒，我要叫這些人快逃。」

「我不要這麼快回家。」裧丹埋怨說：「我還想玩。」

根據上次山芷、羽霽的經驗，這些小娃兒根本逃不出長輩的手掌心，她們大概早知狼人不會跟裧丹動手，只是放她出來走走，過陣子裧丹再不回去，應該就會有長輩來逮人了。

沈洛年不和裧丹多說，對山洞裡面喊：「你們快出來，狼人走光了。」

沈洛年和裧丹說話的時候……或者說，當裧丹出現的時候，早就有人在裡面疑惑地探頭探腦，見沈洛年這麼喊，剛剛那名高瘦中年人，看著沈洛年身上的古怪紅袍，疑惑地說：「你們是人類嗎？變體者？」

說也奇怪，這人明明也是個老外，怎麼中文也挺溜的？沈洛年不在乎撒謊，開口說：「對，我們是變體者，現在狼人只是暫時撤退，過不知多久以後，可能會來成千上萬，你們快走吧，我也要走了，再見。」一面轉身要招呼錟丹開溜。

「這……兩位年輕的先生、小姐。」那人有點困擾地說：「我們老弱婦孺很多，移動速度不快，兩位可以幫忙嗎？」

嘖，似乎招惹上麻煩了？沈洛年遲疑了幾秒，這才皺眉回頭說：「你們有多少人？」

「三十個大人，八個小孩。」中年人說。

凱布利放到最大，應該是托得動這麼多人，但飛行速度恐怕眞和熱氣球飄飛的速度差不多了，而且那種狀態下的凱布利，等於是個妖炁宣揚機，會引來什麼妖怪可難說，沈洛年皺眉說：「你們不是會魔法嗎？」

中年人一驚說：「你……你怎……」

「我下來動手之前看到了。」沈洛年沒耐性地說：「現在是什麼世界了？還需要隱瞞嗎？」

「這……」中年人回頭看了幾眼，這才說：「確實有道理……但魔法不能常用，會魔法的只有四、五人，我們抵擋了好幾天，大家都十分累，請問有沒有其他變體部隊在？可不可以提供協助？」

如果魔法也是大量耗用精智力的話，使用後想必會很疲累，說不定還會頭痛……沈洛年倒是可以體諒這種痛苦，他沉吟說：「我看看你們的狀況。」一面說，一面往裡面走去。

男子見沈洛年接近，驚呼說：「等一下，地上有……」

但沈洛年移動速度本快，一跨步已經飄入洞口，就在這一瞬間，地上那片炁息突然閃出光華，一股並不算強烈的紫色炁息泛出，對著沈洛年推來。

沈洛年一怔，體內道息往外泛出，無聲無息地穿透這片炁息，走入洞中。

「咦？」男子吃了一驚，詫異地看著沈洛年，不明白他怎麼闖入的。

剛剛布下那古怪炁息的年輕女子，從洞中疑惑地走近，一面用英語說：「發生什麼事？我的守護陣沒起作用？」

男子回頭，還不知該怎麼解釋，身後突然傳來一聲爆響。

卻是跟著沈洛年走入山洞的焱丹，也觸發了那股力量，一股比剛剛強大不少的紫色炁息將她猛往外推，焱丹眉頭一皺，妖炁猛然外爆，體外泛出強大熾焰，兩方力量一沖，那股彷彿防禦用的炁息，倏然散失無蹤。

同一瞬間，那年輕女子驚呼一聲，閉眼昏迷，向著男子身上倒去。

「基蒂！」中年男子一驚，扶著年輕女子驚呼。

「怎麼了？」銣丹吃了一驚，望向沈洛年說：「她爲什麼昏倒？和我有關嗎？剛剛是什麼打我？」

「妳這小女孩……怎能硬破了守護陣？」男子扶抱著女子，慢慢把她放下說：「她魔力大量消耗，當然會昏倒啊。」

這時洞中聞聲奔出一群老少男女，圍在被喚作基蒂的女子身邊低聲商議，眾人使用的語言聽來都是英文，而在男子指揮下，基蒂被往內搬到一個平整的地方，那兒已經躺了兩個人，分別是不久前出面和狼人應對的黑袍老者和老婦，加上基蒂就等於躺了三人。

這四個人就是魔法師吧？沈洛年目光掃過，看除了比較年輕的基蒂之外，其他三人都頗瘦，不大健康，看來耗用精智力會損傷生命力果然不是開玩笑的。

眾人喧鬧聲中，老者和老婦睜開眼坐起，老婦還扶著額頭皺眉，一面摸索著眼鏡一面說：「基蒂怎麼了？狼人又來了嗎？」

黑袍老者也有點疲憊地站起，四面一看，突然發現陌生的沈洛年和銣丹，他一怔說：「這兩位是……？」

「文森特。」那中年人走近，以英語說：「這兩人自稱變體者，說狼人暫時退了，要我們快走，剛那女孩闖入時破了守護陣，基蒂就昏迷了。」

被稱作文森特的黑袍老者沉吟片刻說：「聽他的，走。」

「什麼？」眾人大吃一驚，紛紛詢問，中年人也跟著說：「那基蒂怎麼辦？瓊也還很累啊。」

「沃克，聽文森特的。」似乎叫作瓊的老婦勉力站起，對中年男子說：「基蒂就做個簡單擔架抬著。」

「對。」文森特朝沈洛年走近，微微一禮說：「可否告知逃離此處的路線？」

「文森特。」中年男子沃克用英文插口說：「這兩位說中文，這男孩帶著台灣腔。」

啥？連自己哪兒來的都聽出來了？沈洛年不禁一愣，詫異地看著沃克。

「原來如此。」文森特改用中文說：「兩位好，不過這位先生似乎也聽得懂英語？」

沈洛年其實靠的是輕疾翻譯，反而燄丹靠著天生能力，真能聽懂大部分的言語，不過她對其他人類沒興趣，只東西張望的，沒怎麼理會眾人的對答。

「我習慣使用中文。」沈洛年也不解釋，只說：「你們願意走最好，狼人幾日內應該不敢接近這附近，但接下來就會集合很多人，再被碰上就逃不掉了。」

「多謝指點。」文森特微微點頭，接著說：「請問我們該怎麼走，才能逃出狼人的居住區？可否請先生指引方向？若能提供協助，我們必定十分感激。」

媽啦，這外國老頭的中文怎麼這麼溜啊？這幾個魔法師都兼任中文教師嗎？沈洛年莫名其妙地多看了文森特兩眼，這才說：「等一下。」當下走到一旁，問輕疾去了。

這兒的人可都沒看過沈洛年「算命」，那些人不好意思詢問，錟丹可不客氣了，走近說：「洛年你在幹嘛？」

「算命。」沈洛年用老藉口，一面說：「馬上好。」

「算命？」錟丹歪著頭，正想繼續問，沈洛年已經問妥，回頭對文森特說：「這兒是你作主？」

文森特四面看了看，點頭說：「我們並沒有上下的關係，不過大家尊我年老，大多聽我的意見。」

中文學得好，代表廢話會變多嗎？沈洛年皺眉說：「你願意相信我嗎？」

文森特露出個有點迷惑的表情說：「先生的意思是……？」

「要我幫忙可以。」沈洛年說：「但是我懶得一直解釋原因，願意信任我，就別一直問，不然你們就自己逃。」

沈洛年本以爲文森特會考慮一陣子，沒想到他連多想一秒都沒有，沈洛年一說完，馬上點頭說：「好，就聽先生的。」

沈洛年反而微微一愣，頗有點想問問對方怎會這麼爽快，但才剛叫別人少問問題，自己反而問東問西，倒有點說不過去。沈洛年抓抓頭說：「都出去洞外吧。」跟著那昏迷的基蒂身下，突然冒出一片黑影，把她托了起來，隨著沈洛年往外走。

那自然是凱布利，眾人驚疑聲中，一面議論一面往外走。到了洞外，沈洛年對文森特說：「你們這三十八人有大有小，你均分成四組人，我分批帶去南方的河川。」

「南方的河川？怎麼去？」沃克忍不住問。

文森特舉手止住了沃克，很迅速地開口說：「瓊、基蒂、杜勒斯和所有小孩是第一批。」很少看到這麼爽快的人，沈洛年越來越欣賞文森特，接口說：「那麼第一批，請圍在基蒂旁邊。」

很快地，基蒂和瓊身旁圍上了一群小孩，沈洛年看了文森特一眼說：「你剛說還有個叫杜什麼的，怎沒過來？」

「杜勒斯就是我。」一個東方面孔，十歲出頭的俊秀小男孩，突然溜出一口京片子，笑著說：「大哥您好，小弟北京人，杜勒斯是咱學魔法後新取的名兒。」

「呃。」原來有這麼小的魔法師？沈洛年呆了呆才說：「你好。」

「杜勒斯，一使用中文，你京腔就重了。」沃克走近，低聲用英文責備說：「用詞也是。」

杜勒斯一怔，用英文回答：「是，我會盡快改。」

莫非學魔法要先學語言？沈洛年搖搖頭，回頭看著懿丹說：「妳還不回去？」

「我想不出你要怎麼帶他們逃出去耶？這附近幾百公里都是犬族地盤，他們大多是普通人，怎麼來得及逃跑？」懿丹歪著頭說：「問你大概又不肯說，我要跟著看。」

「隨妳。」沈洛年走近杜勒斯等人身旁，想想又回頭說：「那妳幫忙出點力氣吧？」

「好啊！做什麼？」懿丹倒是挺樂意。

「推凱布利。」凱布利在沈洛年、杜勒斯、基蒂等人腳下反向浮起脹大，那些孩子們吃了一驚，紛紛趴下，還有的女孩驚呼出聲。

「都抓緊了。」沈洛年控制著三公尺長的凱布利往南直飛，一面對追上的懿丹說：「妳幫忙，我就不用釋放太多妖炁，比較不顯眼。」

「好啊！」懿丹飛到後面，妖炁一催，果然速度立即提高，有些孩子生怕抓不穩，嚇得驚呼出聲。

沈洛年正想叫懿丹慢點，突然聽到那叫作瓊的老婦開口快速地低聲唸：「美納……」一串聽不清楚的咒文說完，跟著她雙指一比，一道紅色霞光泛出，一股柔和的力量護著那些孩子們，穩穩地貼在凱布利上。

「魔法眞好用。」沈洛年忍不住稱讚，這或許該稱之爲魔力的東西，雖然也是種炁聚成的能量，但卻不像一般炁息之力或者道咒之術，直來直往、離手後就失了控制，反而像活物一般隨心所欲、柔軟多變化，眞不明白這是怎麼辦到的？

「比不上先生的能力。」瓊那滿是皺紋的臉，露出慈祥的微笑，但她似乎十分疲累，說完話又閉上了眼睛。

「大哥。」少年杜勒斯湊近說：「您也是變體者？下面這黑色的大蟲是妖怪嗎？」

「對，影妖。」沈洛年點頭。

「電視上，沒聽過變體者能控制妖怪呢。」杜勒斯望了琰丹一眼，又好奇地說：「也沒聽說變體者可以這樣飛。」

沈洛年微微皺眉，還沒開口，半閉著眼睛休息的瓊，微笑說：「杜勒斯，文森特剛剛答應先生的事，你忘了嗎？」

杜勒斯一怔，連忙說：「大哥對不起，我不該問的。」

這少年實在不像小孩啊，有點太早熟了點……沈洛年微微點了點頭，算是接受了這個道歉，他往南方望去，一面說：「有空再聊，現在趕時間。」

「是的大哥。」杜勒斯露出笑容說。

沈洛年想去的南方河流，離這兒大概只有十幾公里，沒花幾分鐘，一行人就到了一條百多公尺寬的中型河川旁，沈洛年把眾人放下後，又來回了三趟，把所有人都送了過來。

到了最後一趟，錟丹剛落地就忍不住問：「要用河流逃跑嗎？」

「以免氣味露了痕跡，那些狗鼻子太厲害。」沈洛年點頭說。

「難道要造船？那不是更久嗎？」錟丹看著下方有點湍急的河水說。

「凱布利可以更大一點。」沈洛年把凱布利變成五公尺長，漂浮在水中，一面說：「這些人勉強可以擠上去。」

「咦！」錟丹詫異地叫：「這影妖好好玩，給我一隻啦！」

「這人家送的，我也不會做。」沈洛年說：「妳還要幫忙推嗎？我要帶他們順水往西，先離開這地區再說。」

「好啊。」錟丹笑說：「看我媽什麼時候才來抓我回去。」

原來她也心裡有數，知道母親錟潮隨時可能找來，倒不像山芷、羽霽這麼天真……沈洛年微微一笑說：「那就走吧。」

ISLAND
這人像殭屍嗎？

眾人擠上了這凱布利黑船，一路往下，偶爾遇到急流、瀑布、亂石，沈洛年妖炁一鼓、緂丹一推，直接就把眾人抬了過去，倒也順風順水，一路順暢，到了夜間，已經沿著河流走了數百公里，到了下游地區，河面漸漸寬闊起來，流速也放緩不少。

不過這般漂行地隨著河川的曲折到處繞，實際的移動距離也不過百餘公里而已，但因為他們也才剛從東南方進入狼族的地境，並未深入，除非狼族知道眾人離開的方式並沿河追來，應已脫離險境。

夜間上岸，那昏迷的年輕女子也已睡醒，雖似乎仍有點疲累，已能輕鬆地和人談笑。沈洛年把這些人送上岸後，還順便抓了些魚當晚餐，吃飽後，也不知道是不是因為緊繃的神經鬆了下來，不少人就這麼蜷縮在地上睡著。

沈洛年和緂丹不想與人接近，兩人另外生了一堆小營火烤食魚肉，也不知道是因為文森特的約束，還是緂丹那讓人害怕的天成之氣，除孩子們偶爾發出幾句笑鬧聲之外，大部分人都只敢低聲對話，似乎怕吵到了沈洛年和緂丹。

沈洛年食量不大，吃了半條魚就飽了，緂丹卻食量不小，足足吃了三條手臂粗的河魚，沈洛年倒也不意外，當初和三小一起生活，早就見識過這些仙獸的食量，她們可以挺久不吃，但眞要吃的時候，三條只是小意思。

這時餤丹剛吃完，正用衣袖將嘴手一陣亂抹，把衣服弄得又油又黏。沈洛年不禁好笑，難怪她的衣服容易髒，正想教她怎麼洗手，但看著餤丹的神情，沈洛年微微一怔說：「怎麼了？」

餤丹停下手，微微一愣說：「什麼？」

「妳在擔心家裡嗎？」沈洛年問。

「嗯……」餤丹倒也沒注意到沈洛年為什麼能看出自己的心事，皺起眉頭說：「好奇怪，天黑了，媽媽還沒來抓我耶。」

「我也覺得有點怪。」沈洛年說：「要不要回去看看？」

餤丹嘟著嘴，有點難過地低下頭說：「媽媽會不會不要我了？」

「胡說什麼？」沈洛年好笑地說。

「媽媽最近常常罵我。」餤丹眨眨眼睛，有點委屈地說：「以前可以做的，現在都不可以做了。」

「那是因為妳長大懂事了吧……」沈洛年想了想說：「當初妳媽可是不惜和窮奇、畢方打架，搶著先過來找妳，不愛妳怎會這樣？」

餤丹似乎覺得很有道理，露出笑容，點頭開心地說：「你說的對。」

「像我剛剛也想跟妳說……吃完東西不要把油抹在衣服上，衣服容易髒。」沈洛年說：

「像不懂事的小芷，我可就懶得說了。」

「唔。」錟丹一愣，有點尷尬地笑了笑，手在草地上胡亂抹了抹，又伸手去撥開亂飛的頭髮，卻把頭髮也弄上一層灰土。

「妳媽媽可能也不清楚人類怎麼生活的。」沈洛年苦笑搖搖頭，拉著錟丹到河邊洗手，拍去髮上的髒污，一面隨手找了幾根草莖，搓軟編成線，將錟丹的長髮束在後腦說：「應該用有彈性的東西比較方便，一時也找不到，用這代替。」

「又有尾巴了！」錟丹摸了摸，笑著甩頭，讓髮尾在身後掃動。

「還有。」沈洛年又說：「衣服不是太髒的話，用水洗可以洗乾淨。」

「不可以，我洗過，一洗就破了！」錟丹搖頭。

沈洛年一愣，忍不住瞪眼說：「妳力氣太大了，要輕點。」

「要多輕？我試試。」錟丹說著正要寬衣，沈洛年連忙抓著她手說：「女孩子不可以在外人前脫光。」

「喔？」錟丹收手說：「我忘了。」

沈洛年知道錟丹其實有點心不在焉，想想說：「妳回家去看看吧？」

錟丹遲疑了一下，噘著嘴說：「可是，回去就出不來了。」

「別急，長大就可以到處跑了。」沈洛年揉了揉燄丹的頭說：「像我現在，想回家還沒家可以回呢。」

燄丹望著沈洛年說：「以前你和懷眞姊姊住一起的房子壞掉了嗎？」

沈洛年一怔說：「什麼？」

「那不是你和懷眞姊姊的家嗎？」燄丹歪著頭說。

想起懷眞，沈洛年心中微一揪緊，他沉默片刻才說：「懷眞不在，那就只是個空房子，有家人的地方，才稱得上家。」

燄丹似懂非懂地看著沈洛年片刻，想想點頭說：「那我回家。」

「好，今天謝謝妳了。」沈洛年說。

燄丹轉身要走，想想又回頭說：「我長大以後，去哪邊找你？」

如果麟犼和窮奇一樣，千載才成年的話，那時自己早就死了。沈洛年心中苦笑，但看著燄丹單純率直的期待表情，又不好說老實話，只好說：「以後問妳媽媽吧。」

「喔，好……那洛年再見。」燄丹輕抓了抓披在肩頭的馬尾末端，有些羞澀地微微一笑，妖炁鼓盪而出，身形飄起，向著東方飛去。

那最後一個笑容，卻有點不像個小女孩了？沈洛年有種看到鄰家小妹長大的錯愕感，遙望著遠去的餤丹，心中頗有點感觸。

黑袍老者文森特見餤丹突然飛走，沈洛年一個人望著東方發呆，他輕咳一聲，緩緩走近施禮說：「對我等施以援手的年輕先生，有空嗎？」

沈洛年一愣，回頭說：「我叫沈洛年，叫我名字就好。」

「承蒙告知。」文森特者微笑說：「沈先生說了不准問問題，我可不敢貿然詢問。」

這人倒是少見的聽話，沈洛年對他頗有好感，想了想說：「也不是都不能問，有些事情我解釋起來花工夫……對了，該稱呼你們魔法師嗎？還是法師？」沈洛年瞄了湊過來旁聽的杜勒斯少年一眼。

「叫名字即可。」文森特微微搖手，微笑說：「魔法被排擠了好幾百年，也沒什麼機會對外人提起，這些稱謂沒有意義。」

「今天我進入山谷前，有看到幾位和狼人衝突。」沈洛年想想說：「能抵擋狼人的攻擊，那已經是不小的力量，爲什麼需要隱姓埋名？有這種能力，連槍砲彈藥應該都不怕吧？」

「不。」文森特說：「過去並沒有這麼強大的力量。」

「喔？」沈洛年微微一怔，詫異地說：「難道也是道息大漲之後才變強的？」

「正是，尤其是去年四二九天下大亂、十一月地震時，兩次魔法效應都突然提升不少。」

文森特說：「那時我們才知道，我們研究的歐洲魔法和亞洲道武門的道息、妖界傳說，應該也有密切的關係。」

「當然有關係。」沈洛年好笑地說：「魔法是應龍創的，應龍本來就是強大妖仙。」

「應龍？」雖然文森特中文造詣不淺，一時也不知道應龍是什麼龍。他遲疑了一下說：「雖然有故事傳說，魔法乃龍族所創……」

杜勒斯已經忍不住開口說：「沈大哥，咱們中國的應龍，就是歐洲龍嗎？」他一面回頭對文森特說：「文森特爺爺，應龍在中國傳說裡，是有翅膀的龍。」

「有翅膀的龍？原來東方也有這種傳說？眞是應龍傳授的嗎……」文森特突然目光一亮，驚喜地說：「那……應龍也來到這世界了嗎？怎樣能找到他們？」

「找他們幹嘛？」沈洛年搖頭說：「應龍發現沒幾個人類能學魔法，就不理人類了，找他們小心被吃掉。」

「所以後來西方龍才變成人類的敵人？」已經養妥精神的瓊、基蒂，連沃克也都好奇地湊近，剛剛開口的是老婦瓊。

「細節我就不知道了。」沈洛年頓了頓說：「按道息狀態，一些小應龍應該已經來了，不過我還沒遇到過。」

「大家都過來了？」文森特微笑說：「還沒正式介紹，我們這研究古老魔法的團體，叫『月影團』，人數一直不多，現在就這五名成員，月影團承襲古老習俗——有名無姓，所以我們把過去的家族姓氏都放棄了……」他說到這兒，一面把沈洛年和眾人名字，分別介紹一次。

「沈大哥。」杜勒斯等文森特一說完，急忙開口說：「你好像也很了解魔法，你也會嗎？」

「不會。」沈洛年搖搖頭，有點好奇地說：「聽說很難學？」

五人對看一眼，遲疑了一下，還是杜勒斯先開口說：「眞的很難呢，我也才入門，還在學語言。」

果然要學語言？那自己鐵定沒資格，讀了好幾年英文還是說不出半個字，實在搞不懂魔法和語言有什麼關係？沈洛年想了想說：「很難的話，就可惜了點……這時代若是會魔法的人變多，人類也會安全些。」

「我們……完全不如變體者吧？」那看來二十出頭的年輕女子基蒂，有點疑惑地看了沈洛年一眼說：「我的守護陣對沈先生和那位小女孩一點用都沒有，還被瞬間破除。」

「可是電視上的變體者沒這麼厲害啊。」杜勒斯搶著說。

「呃……」這該怎麼解釋？沈洛年想了想才說：「我和那女孩是特例，你們能這樣抵擋狼人，已經很不弱了……若是你們也能變體，那就更好。」

「我們也可以變體嗎？」杜勒斯畢竟仍是個孩子，眼神放光，有點興奮地說。

文森特和瓊對看一眼，同時搖頭說：「不行。」

沈洛年問：「爲什麼？」

「我們在電視上看過，變體者的戰鬥方式主要靠強大的身體機能活動戰鬥。」文森特說：「和我們訓練魔力的方式完全不同，兩者背道而馳，都學反而不好。」

他們口中的魔力，應該就是輕疾和懷眞說的精智力？沈洛年沉吟說：「魔力的訓練，不但傷腦而且傷身，補充則需要消耗生命力，若有變體引炁後的強壯身體支撐，不覺得更合適嗎？」

文森特對沈洛年這麼清楚魔法訓練竅門似乎有點訝異，他停了片刻才說：「如果單純提高身體強度，倒是沒有壞處……但道武門肯接受這種人變體嗎？」

提到這一點，沈洛年倒也沒什麼把握，搖搖頭說：「聽說現在變體用的妖質很不夠……我也不大清楚。」

「還是先別考慮……」文森特沉吟說：「聽說那位女孩昂然立於洞口，狼人竟然不敢出手，而不過數分鐘的時間，沈先生已無聲無息地逼走狼人，兩位的能力才讓人驚佩。」

「對啊！」杜勒斯佩服地看著沈洛年。

沈洛年瞄了杜勒斯一眼，微微皺眉，若這小鬼以爲變體者遠強於魔法，對魔法失了興趣，對這「月影團」可有點不好意思，不過就算想解釋，沈洛年卻也不知該怎麼解釋，想想只好說：「不是這樣，等你們見到其他變體者就知道了……對了，你們本來想去哪兒？」

「我們本來隱居在鄉間，那些是我們同村的鄰居。」文森特說：「去年天下大亂後，村中剩下不到百人，我們護著人們退到山中，躲了好一段時間，期間有人生病、有人覓食時遇到怪物死去，到去年的大地震，山崩又死了些……有一日，瓊、基蒂帶著人出去……」

看文森特望向自己，瓊老婦點頭接口說：「我們在山上找食物時，遇到一個虎身人面、有三公尺長的怪物，我和沃克連忙布出守護陣抵禦，但那怪物卻沒攻擊我們，反而和我們聊了起來。」

「嗯。」沈洛年點頭說：「其實妖怪不全都是凶惡的。」

五人互相看了看，有點疑惑地望著沈洛年，沃克皺眉說：「但以前道武門不是這麼說的。」

沈洛年聳聳肩說：「他們亂說的，還有，我其實不算道武門的。」

沃克一怔，倒也不知該怎麼說下去，瓊見狀接著又說：「那妖怪告訴我們，西方越過大海不遠處，有座很大的島嶼，人類聚集在島嶼東岸建城，建議我們去找其他人類。」

原來他們想去噩盡島？沈洛年點點頭，那兒確實是現在人類比較適當的居住地。

「我們討論之後，就從山裡面離開，但前天走到那山谷附近，就突然被一群狼人攻擊，而且完全無法溝通。」文森特嘆息說：「若不是找了個小山縫躲藏，根本撐不到沈先生趕到。」

「不是無法溝通，他們其實聽得懂，只是想殺光人類。」沈洛年頓了頓說：「原來你們也要去噩盡島。」

「道武門當初殺妖怪的噩盡島？」沃克詫異地說：「噩盡島在夏威夷附近，離岸好幾千公里啊，很遠。」

「現在世界和以前不一樣了。」沈洛年說：「地震那一個月陸塊移動，都擠在一起了。」

五人一怔，都沒想到會聽到這話，文森特隔了幾秒才點頭說：「難怪天氣變化這麼多……沈先生，噩盡島不是妖怪最多嗎？」

「該怎麼說……」沈洛年想了想說：「反正去那兒至少有人互相照應，你們到了那兒再問吧，會有人解釋給你們聽。」

見眾人都在思索，話不多的基蒂開口說：「請問噩盡島那兒有多少人？」

沈洛年算了算說：「三十多……不到四十萬。」

「還有這麼多人？」眾人都吃一驚。

「這眞是太好了。」瓊高興地說。

「我還一直以爲世界只剩下我們這些人呢。」基蒂也拍著胸口，開心地說。

眾人正欣喜地交換著想法，這一瞬間，沈洛年突然目光往東方轉，臉色微變說：「怎麼回事？」

文森特有點詫異地說：「怎麼了，沈先生？」

「你們……」沈洛年四面一望，見周圍一片平野，當下搖搖頭說：「算了，也沒地方躲，應該與你們無關……你們先離我遠點。」

文森特看沈洛年的表情，知道狀況嚴重，轉頭對眾人說：「我們回去預防變故，別在這兒礙事。」

卻是沈洛年感覺到從東方衝來十幾道異常強大的妖炁，正對著這個方向，其中沈洛年認得的，有惔丹、惔潮，以及惔丹祖母三人的炁息，若不是因爲認識這祖孫三代，沈洛年還不敢確定對方是找自己。

惔丹跑來找自己沒什麼奇怪，她母親跟來也勉強說得通，但祖母也跑來實在說不過去……何況還有好幾道不同的妖炁，感覺上應該是其他種族，爲什麼這麼大陣仗跑來？麟犼不是一向不和別人交朋友嗎？

錟丹母親一直沒來找錟丹，莫非與此有關？又或者……難道被人發現自己屍靈之王的身分？這也不可能啊，如果那山谷內有其他妖怪，自己不可能沒注意到才是。

沈洛年想不透可能性，也就先不想，隨著對方越來越近，沈洛年放下背包，踩著凱布利飄空而起，往前迎去。眼看天際先是出現了麟犼，其中兩頭成年麟犼並肩而行，人形的錟丹則騎在母親錟潮身上，正快速往這兒飄。

她們下方不遠，四隻渾身黑毛的大猴子，點著地面飛騰急掠，速度竟然不比麟犼稍慢，妖炁似乎也不下於錟潮，所以前腳後腳倒是趕得挺近。

更後方，還有五個妖炁也不小的黑點，正追著前面這批人，那五個黑影的妖炁相似、一強四弱，不過強的只與錟潮相仿，弱的則和錟丹差不多，難怪這群人稍落在後面。

但換種說法，就是這群三族十二頭妖怪，其中最弱的一個就是錟丹，當年噩盡島中央妖怪群集一地，也沒這種聲勢，沈洛年一面皺眉一面等待，隨著對方逐漸接近，沈洛年也看清了後面那五隻妖怪的身影……那不是狼人嗎？狼人中也有這麼強大的？麟犼幹嘛帶狼人過來？

就算狼人不馬上翻臉動手，自己才好不容易把這群人帶出了百多公里，遠離狼人，現在讓對方知道去向，今晚豈不是又得逃命，不用睡了？

沈洛年正皺眉間，麟犼家族已經飛抵，兩方在空中接近，錟丹飄飛而起，掠到沈洛年身旁，有點委屈地說：「洛年，媽媽要我帶這些人來找你……我不知道為什麼。」

「喔？別擔心。」事到臨頭，沈洛年反而挺冷靜，目光掃過最強大的燄丹祖母，見她除了傲氣和疑惑之外，倒沒什麼殺氣，沈洛年就先安了一半心。

那四隻猿猴模樣的妖物，這時也停在地面，為首一隻猴子，仰天嘻嘻笑說：「燄裂大姊，咱們可不會飛，在上面太不禮貌了吧？」說的居然也是中文。

燄裂看來就是燄丹祖母的道號了，她哼了一聲說：「不用姊姊妹妹地叫，下去就下去。」跟著率先往下落。

沈洛年隨著麟犽落下的同時，那五隻狼人也趕到了，他們一看到沈洛年，同時大聲嗥叫、目露凶光，直撲過來。

燄潮身子一閃，巨大的身軀擋在沈洛年和燄丹面前，她渾身熾焰漲起、金色鬃毛飄然騰動，一對前足凌空飛舉，大吼一聲說：「幹什麼！先說清楚！」

那五名狼人一頓，終於停了下來，他們若五人齊上，燄潮自然不是敵手，問題是比燄潮強大不知多少的燄裂，正冷冷地旁觀著，狼人們不敢造次，退了幾步，其中最強大的那名狼人用他們獨特的語言說：「麟犽和人類交上朋友了？」

「與此無關！麟犽不讓人利用！」燄潮說：「你若仗著找殭屍的名義，利用我女兒找人類洩憤，我們麟犼將視你爲敵！」

「別急著吵架，一件一件來。」猿猴之首笑嘻嘻地插口說：「惔潮小妹、壺谷族長，你們要吵要打，都先確定了殭屍的事情再說，咱們幽頞族可不管別的事。」

沈洛年望著這叫「幽頞族」的猿猴形妖怪，不禁有點怪異的感覺，他們雖然笑個不停，但其實心中一點笑意都沒有，卻不知道這算什麼怪習慣……而這三種妖怪，只有狼人不使用中文——虯龍語，看來和口腔構造有點關係。

「縱天猴子說的對，一件件來。」惔裂沉聲說：「壺谷族長，你們族人堅持說，丹兒身上的人類氣味就是殭屍的氣味……縱天猴子，你說這人像殭屍嗎？」

眾人目光都集中到沈洛年身上，卻見他皮膚雖有些蒼白，卻白淨透紅全身充滿生氣，和殭屍自然一點都扯不上邊，那叫作縱天的幽頞族開口笑說：「別開玩笑了，哪有這種殭屍？幽頞鼻子沒你們好，你們確定是這人類身上的氣味嗎？」

「丹兒染上的人類氣味，就這一人而已。」惔裂說。

縱天目光轉過，望著犬族的壺谷族長嘻嘻笑說：「那就是你們的不是了，想殺人報仇沒什麼，利用麟犼幫你們找人，犬族的膽子變得眞大啊？」

惔裂眉頭一挑說：「壺谷族長，你怎麼說？眞是利用我們麟犼族？」

惹上不怕死的麟犼族可沒完沒了，壺谷族長臉色微變說：「當然不是，我族人確定那林中有此人氣味，也有殭屍出沒殺人，爲什麼這人不是殭屍，我也不明白。」

「有什麼好不明白的？」龚裂說：「那殭屍在山谷中吸食生靈，恰好沒殺死這人類而已……你們犬族不也有一半沒死光？明明是藉口。」

「但是小麟犼和這人氣味相繼出現之後，殭屍才開始攻擊我族，我們會如此懷疑，並不爲過。」壺谷族長後頸剛毛賁張，怒聲說：「妳們麟犼一族也別欺人太甚，若眞要和數萬犬族爲敵，我們也不怕事。」

「麟犼從不欺人。」龚裂輕哼一聲說：「只要你放過這批人類，自然就證明不是利用我族，麟犼又何必與犬族爲敵？」

壺谷族長瞪大眼說：「妳們明知道我們與人類有仇，既然碰了面，焉有放過的道理？」

「今日若非丹兒引路，你也不可能找到這批人。」龚裂哂然說：「你們過去雖有不少族人死於人類之手，但畢竟與這些人沒有直接關係，只要放過這一日，以後我們不再干涉。」

壺谷族長遲疑著還沒開口，幽頞族的縱天嘻嘻一笑，插嘴說：「我倒是挺樂意欣賞你們打架，但現在出了殭屍，還不知道屍靈之王在哪兒，打起來不是鬧笑話嗎？就這麼各退一步吧！我可不陪了，這就回去派人把消息往外傳開，讓四方妖族支援……既然只發現不會動的骨靈，這殭屍似乎還不成氣候，最好趁早殺了，否則變旱魃就麻煩。」說完縱天一揮手，帶著另外三隻幽頞族的猴子，快速往東方奔離。

琰裂也不吭聲，就這麼看著壺谷族長，等對方做決定。

壺谷族長目光轉了轉，望著琰裂說：「就照妳的意思，因為彼此族人結下的間接仇怨，我今日暫且放過。」

琰裂表情一鬆說：「既然如此，那……」

「等一下！我只放過那批人。」壺谷族長指指遠處正擠成一團的人類，目光一厲，看著沈洛年說：「這人親手殺了我族戰士，我可不能放過。」

「胡說什麼？」琰潮叫了起來：「這人類連妖炁都沒有，怎麼殺得了犬族人？」

「在那山谷中，我犬族一共死了五十二名戰士，其中五十一人被殭屍吸化為骨靈。」壺谷族長說：「但有一人卻是後心被兵刃刺入，擊散妖炁而亡……若不是這人下手，難道是這小麟犼？」

琰潮微微一怔，嚴厲的目光轉向琰丹，琰丹一驚忙說：「沒有，媽媽，我沒有出手。」

琰潮神色放鬆了些，回頭說：「麟犼一族有自己的規矩和尊嚴，我孩子在外絕不會無端對人挑釁，更不會偷襲對方。」

「所以凶手就是這人類了……死者身後傷口窄細，也不像龍族之劍造成的，更別提身上都是這人類的氣味。」壺谷族長目光一轉，望向錟裂，怒氣勃發地說：「我話就說到這兒了！麟犽一族到底還講不講道理？」

「這人殺得了犬族人？」錟裂嚴肅地望著錟丹說：「丹兒，真不是妳？不准說謊！」

「不是！不是！」錟丹嚇得臉色都白了，慌張地說：「奶奶我沒有，我不會偷襲的。」

「媽，想必是別人幹的。」錟潮說：「丹兒不會說謊。」

「如果還有其他人，犬族怎會鬧出把這人當殭屍的笑話？」錟裂說：「不是丹兒，難道真是這人殺的？」

錟潮目光轉向沈洛年，卻也有點無法理解，沈洛年除了腳下那股淡淡妖炁外，活脫脫就是個普通人類，怎可能傷得了犬族人？她忍不住回頭望著女兒錟丹，也冒起了懷疑。

其實壺谷族長心中也是這麼想，但一來沒有證據；二來和麟犽硬槓也頗不妙，拿這理由殺個人類也算洩忿，當下硬是咬定沈洛年不放。

沈洛年本來一直沒開口，只在旁看著爭執，但看樣子，自己若是不認，這罪名恐怕會掉到錟丹頭上。麟犽這族個性這麼古怪，會怎麼懲罰錟丹十分難說，何況本就不是她做的……沈洛年心念一定，當即開口說：「那犬族人是我殺的。」

他這話一說，眾人目光都轉了過來，還帶了幾分驚疑。

「洛年？」懿丹有點害怕地說。

這小子自己認了就好辦，壺谷族長目光一厲說：「麟犽一族，請讓開。」

「且慢。」懿潮還以爲沈洛年是爲了懿丹才認的，一時有點遲疑。

「妖仙懿裂！」壺谷族長目光轉過，大聲說：「妳怎麼說？」

懿裂緩緩說：「潮兒、丹兒，讓開。」

「媽？」「奶奶？」

懿裂目光一厲，沉聲說：「讓開！」

懿潮一怔，不敢再說，長脖子一扭，推著懿丹往後退。

「圍上了！」壺谷族長大喝一聲，其他四名狼人正要往沈洛年走，懿裂右前足卻突然一頓地，一股炁息爆起，轟地一聲止住了眾人，她這才緩緩開口說：「壺谷族長。」

「又如何？」壺谷族長沉聲說。

「若非丹兒引路，你今日找不到此人。」懿裂說：「你欠我族一個情。」

「確實。」壺谷族長眉頭一挑說：「有什麼可爲麟犽族效勞之處？」

懿裂卻搖搖頭說：「相對的，我族引犬族來此，也欠了這人一個公道；我不求你放過他，至少給他一個公平的機會。」

「什麼機會？」壺谷族長皺眉說。

「很簡單，一對一。」惔裂說：「若犬族派出的人拿不下此人，十日內不得繼續糾纏。」

壺谷族長忍不住哈哈笑說：「這人類需要我們圍攻嗎？只不過這小子似乎會飛，若不四面圍著，我怕他溜了。」

「意思是你答應了？」惔裂問。

「如果這人類小鬼答應不溜，當然沒問題。」壺谷族長說：「話說在前頭，他若跑了，我就拿那群人類的命來賠。」

惔裂望向沈洛年說：「你怎麼說？」

還有別的選擇嗎？沈洛年望著眼前五名犬族人，若壺谷族長不下場，其他四人只和惔丹差不多，自己倒是還有一搏的機會，沈洛年點點頭說：「就這樣吧。」

惔裂望了沈洛年一眼，淡淡地說：「雲兒和丹兒都說你速度不慢，我倒也想見識見識。」說完才往後退開。

這是暗示自己逃跑嗎？也對，她是看在惔丹的分上，才出言促使單打獨鬥，好讓自己不被合圍，其他人類的生死她們自然不放在心上；自己若沒被圍攻，面對只能高躍的狼人，飛天逃跑確實挺有機會，但能這樣做嗎？沈洛年望著文森特那群人一眼，轉回頭吸一口氣，運起凱布利、拔出金犀匕，望著那五名狼人說：「哪位要上？」

壺谷族長卻也不是草包，已經看出錟裂想放沈洛年逃生，不過如果跑了這人，可以名正言順殺了那三十多人，倒也划算……但話又說回來，這小子既能和那小麟犼為友，說不定有看不出的實力，若隨便派個人出去，莫要反而中了算計，不如由自己親自出手放人，也讓那麟犼一族承自己的情。

當下壺谷族長攔住身旁躍躍欲試的族人，踏出一步說：「我來。」

「族長？」幾個狼人吃了一驚，詫異地詢問。

壺谷族長不多解釋，雙爪屈伸間寒光隱隱、妖炁騰動，緩緩說：「注意了，若這小子敢跑，馬上把那些人通通殺了。」

「是。」四個狼人往外一散，退到遠處。

壺谷族長望著沈洛年，招手說：「上吧。」

沈洛年二話不說，身形一閃，空間中陡然出現五條人影，分頭對壺谷族長撲去。

壺谷族長吃了一驚，身形急退間，只見眼前人影突然不見，而身後護體妖炁卻突然四散，竟似乎被人破了進來。

他長嗥一聲，妖炁急迸間加速旋身往後急撈，剛撈了一個空，左後心妖炁又散，這才發現沈洛年竟如影隨形地黏在自己身後，體外瀰漫的妖炁居然毫無防禦能力。

壺谷族長躬身急翻，頓地之間雙足妖炁炸起一大片土砂，分向四面亂射，這下終於逼開了沈洛年。壺谷族長飛退十餘公尺，才感覺後心隱隱作痛，剛剛那一剎那，居然已經被刺了一個小口，若自己反應稍微慢點，恐怕已經躺平。

沈洛年也暗叫可惜，對方論強度其實還不如山魈、梭狪，但過去面對山魈、梭狪時，都是在他人圍攻下偷襲得手，並非靠實力獲勝……果然當對方注意力集中在自己身上的時候，想得手並不這麼容易。

兩人隔著十餘公尺，對視一眼，沈洛年不打招呼，再度欺了過去。

壺谷族長沒想到區區一個人類竟這麼麻煩。眼看沈洛年又化成五道人形、分頭並進，壺谷族長一下子不知該如何應付，他只好雙爪同揮，妖炁外迫，激起兩大片土石對著沈洛年那幾個人影衝去，想破開沈洛年的幻影。

這強大妖炁鼓起的砂石，速度奇快，砸在身上可受不了，沈洛年眉頭微皺，倏然急繞換了個方位，正想接近，眼看又是大片土石撒來，這麼連續幾下，沈洛年只好飄遠停下，一面說：

「你到底想不想打？」

其實沈洛年的行動和能力，連壺谷族長在內，每個人都大吃一驚，也都感覺莫名其妙。這種幻術，眾人從沒見過，而此人能讓大家感應到這種幻影，道術造詣應該極高，又怎會沒有炁息？若他果眞具有強大炁息，只不過有特殊的隱藏之法，這區區一片帶著妖炁的土石又怎能阻得住他？

壺谷族長剛剛情急生智，撒土成牆，本來只是爲了破除虛影、看出眞身，他卻沒想到，居然能逼退沈洛年，想起一開始逼退沈洛年，一樣靠的是沙土，壺谷族長雖然想不通，但沒找到其他辦法之前，只好猛掃土砂，一面思索著戰術。

眼看沈洛年詢問，壺谷族長惱羞成怒地說：「你這是什麼幻術？爲什麼不接近動手？」

眾人自然不知，其實這不是幻術，那五個人影都是眞身，只是快速移位造成的多重人影虛像，而沈洛年速度雖快，卻是個碰不得的薄瓷瓶，看到高速飛射的砂石只好退避，也是無可奈何。

在旁旁觀的惔裂，雖然對沈洛年的能力也驚疑不定，但能與對方對峙畢竟是好事。她目光一轉說：「既然兩邊都奈何不了對方，就算打平如何？」

打平？壺谷族長聞言大怒，剛若不是抱著放人逃走的心態，出手時放慢了些，怎會突然遇到險境？不過壺谷族長卻也暗暗慶幸，若剛派的是其他人，恐怕一個照面就死在這人手中……

他畢竟是一族之長，這麼稍微停頓，已經有了應付之道，壺谷族長目光一冷，妖炁大量泛出，體表周圍，瀰漫著大片的濃重妖炁，他這才沉聲說：「小子，再來。」

沈洛年剛剛卻也對那大片土石感到困擾，爲了要造成分身的效果，一開始固然可以隔得老遠，但如果要攻擊，各分身的位置自然會逐漸接近，否則若只有一、兩個身影接近，亦無法惑敵，只是距離一近，面對對方這大範圍攻擊的法門，他避無可避，只好閃開。

不過對方似乎不打算再用這招？沈洛年嘗試著再度接近，又是五道人影對著壺谷族長撲去。

果然壺谷族長沒再激起土壤，沈洛年不敢冒進，正迫出道息，想透入對方妖炁中出手，這一瞬間，對方妖炁卻毫無徵兆地大片炸開，往外急湧。

雖然聲勢很大，但既然是純粹妖炁，該沒什麼好怕……沈洛年正準備閃動，心中某處突然微微一痛，身形陡然慢了下來，他還沒搞清楚狀況，對方已快速撲近。

沈洛年一愣，這一瞬間突然發現，那龐大妖炁爆炸的刹那，自己固然無懼，腳下的凱布利卻因此炸散，也不知道活著還是死了。眼見壺谷族長已經接近，沈洛年此時腳未著地，無所借力，進退不得，不由得冒出一身冷汗。

ISLAND
我當然不是天才

使用闇靈之力逃命嗎？不行，這時一用，恐怕連燄裂都會衝上來，這一瞬間，沈洛年將時間能力提到最高，就在落地前這短短一刹那，仔細感應著壺谷族長抓來的爪勢，扭身急讓。

就算無法移動，至少還能扭動閃避，沈洛年身子硬生生右折半尺，總算勉強閃開左側攻來的手爪。

壺谷族長發現沈洛年突然凝停了下來，大喜過望，左爪跟著斜抓往下，同時右爪內收，橫掃往左，兩方一個交錯，若是被劃上了，沈洛年當場會被分成三段。

對方速度未必比沈洛年慢，但所謂的變招出招，就是軀體動作的變化，每一個變化轉折，都難免有改力停頓的階段，一般人可能還看不出來，但把時間能力開啟到最高的沈洛年，可看得清楚，當壺谷族長兩手轉向內錯的同時，他已經急忙縮腹閃避對方右爪，同時右手急提，向著壺谷族長的左小臂揮去。

壺谷族長右爪揮空的同時，砰地一聲，沈洛年匕首和壺谷族長的左爪上下相擊，沈洛年被轟得往地上摔落，他一點地，急忙往後飛撤，百忙中目光掃過，卻見壺谷族長左爪上只被切掉了一撮毛，居然砍不入皮膚裡面。

這傢伙的皮難道比山魈還硬？不可能吧……莫非和寓鼠雙翅一樣，這些狼人專練一雙手？

不過這時沒空多想，沈洛年彈飛不到五公尺，壺谷族長妖炁勃發，對著他又追了過來。

但既然碰到了地面，沈洛年有辦法借力，就有了騰挪的空間，當下他用起好一陣子沒用的無聲步，點滑飄掠之間，不斷改變方位，繞著壺谷族長急轉。

單論妖炁強度，壺谷族長比巨型刑天還強，沈洛年失了凱布利，速度大降，已無法造成殘影，還好他身體奇輕，點地間轉折閃動速度依然少見，壺谷族長一時捕捉不到他，但沈洛年卻也甩不開壺谷族長的追擊。眼看對方兩爪離自己距離總是不遠，沈洛年圈子越繞越大，除閃避之外，漸漸已經無力出手。

眼看沈洛年突然落了下風，裓丹不免心焦，但見沈洛年雖然總在對方爪下閃身，總是有驚無險，裓丹也不禁又喜又驚，她從不知道沈洛年居然有如此戰力，這犬族的壺谷族長，妖炁幾乎比自己母親還強，沈洛年居然能支持這麼久，可眞讓她張大嘴，闔不起來。

「潮兒。」裓裂突然開口。

「嗯？媽？」裓潮和裓丹差不多，一樣張大嘴愣在那兒，當初還以爲這沒妖炁的人類，只是九尾天狐一時心血來潮找來的人類玩物，沒想到居然有這種能力，若他打得過這壺谷族長，豈不是也比自己厲害？

「這人類的閃避功夫，比攻擊功夫好多了，讓人佩服。」裓裂緩緩說：「若能善用，很少妖仙能抓到他。」

「是啊。」畢竟做了千年的母女，談潮明白了談裂的意思，跟著說：「難怪雲姊這麼意外，洛年若不想接近敵人，對方根本追不上。」

沈洛年這時正不知如何是好，聽在耳中突然醒悟，這場仗自己根本不需求勝，只要不敗就好，何必試著砍人？當下越閃越遠，根本不打算接近，這麼一來，雖然沒有凱布利的幫助，貼著地面到處亂轉的沈洛年，壺谷族長卻也抓不到，只讓他飄得越來越遠。

沈洛年這時好不容易多了點空閒時間，忍不住在心中呼喚著凱布利。他已經察覺到，剛剛傳來一陣隱隱痛楚的，正是當初和凱布利以蠱術締約之際，在心中出現的一絲空白之處，也就是說，不知道什麼時候，凱布利似乎已經隱隱有了一絲靈智。

卻不知那塊空白之處，何時開始不再空白的？不過那兒的反應實在太淡，畢竟就連今天整片被擊散，也只是微微一痛而已，何況平常？也難怪過去都沒留意。

沈洛年下著要凱布利吞食道息的指令，很快地，凱布利的反應又隱隱出現，跟著一絲淡淡喜意傳回的瞬間，一道黑影在虛空中凝聚浮起，又朝沈洛年飛來。

畢竟凱布利乃虛影所化，雖然被擊散，總不致灰飛煙滅，道息又是生命源頭，只一瞬間，沒有實體的凱布利再度生龍活虎、充滿妖炁，下一剎那，踩著凱布利的沈洛年速度突然又快了起來，壺谷族長再也追不上。

沈洛年這時不敢再靠近對方，對方自然也摸不到他，兩方又繞了幾圈，壺谷族長忍不住停下叱喝：「小子，你到底還打不打？」

「追得上就跟你打。」沈洛年說。

壺谷族長一愣，怒斥說：「我就不信你這小子還有養第三隻影妖，一隻小小影妖也沒多少妖炁，能逃多久？」

沈洛年的影妖妖炁可是耗不光的，他瞪眼說：「你這狗頭怪來啊！看誰先把妖炁耗光？」

壺谷族長那雙狼目一寒，正要往前撲，獙裂突然開口說：「壺谷族長，有件事告訴你。」

壺谷族長一怒回頭說：「妳們麟犼只差沒出手幫忙，還想說什麼？」

「這件事是爲你好……」獙裂緩緩說：「這個人類，是九尾天狐懷眞的愛侶。」

這話一說，四面都是一怔，連沈洛年自己都覺得有點尷尬，自己和懷眞雖然似乎都有那個意思，但此念一起後就不得不分隔兩地，而且就算未來能相聚，只能摟摟抱抱算得上愛侶嗎？

「胡扯。」壺谷族長怒說：「仙狐一族，要幽閉冰潔才能煉成天狐，妳以爲我不知道嗎？」

「也許煉成天狐後又有不同？也許他們自有相處之法？」獙裂淡淡地說：「我孫女說，此人與天狐同衾共枕了好幾個月……你認爲一般人與天狐共寢數月受得了嗎？反正麟犼向不說謊，你若堅持不信，那也由得你。」

「懷眞天仙……怎能這麼早就來到人間？」壺谷族長遲疑地問。

「丹兒，妳的道號什麼時候取的？」瀫裂眉頭一挑說。

瀫丹忙說：「懷眞姊姊去年五月取的。」

瀫裂看著壺谷族長說：「若是不信，自己去查仙籍看取名處吧。」

若這是眞的，再給壺谷族長十個膽子，他也不敢動沈洛年；麟犼一族有家有業，除了個性高傲、有獨特的堅持外，出門時待人處事仍有分寸。九尾天狐懷眞卻不同，她不只沒有親族後代的顧忌，還結識不少強大妖族，更別提「天仙」所能擁有的強大戰鬥力，若眞惹翻了她，犬戎族說不定就此滅了。

但萬一是假的呢？就算當眞天狐去年五月就在人間，和這人類也未必眞是情侶關係，就這麼被唬走，豈不是白走這一趟？

壺谷族長還在遲疑，瀫丹卻拉著母親瀫潮問：「懷眞姊姊總說洛年是她的，不讓小芷抱，原來因爲他們是情侶啊？」

「不知道。」瀫潮其實也搞不大懂，皺眉說：「小孩子別說話。」

瀫丹嘟起嘴，跳到母親背上趴坐著，玩著母親頸背上的金色鬃毛，有點好奇地看著沈洛年，也不知想著什麼。

但壺谷族長聽到這兩句有點天真的問題，心中再也沒有懷疑，除非沒有旁觀者，眼前這人類是動不得了。他哼了一聲說：「罷了，我們走。」話聲一落，他招手帶著四個犬族人飛掠離開。

沈洛年這才鬆了一口氣，凱布利妖炁雖然用不完，但他精神力量卻有限，若對方當真追個不停，說不定頭先痛起來，那可麻煩。

見敵人已退，他飄向三名麟犼，微微點頭說：「多謝幾位幫忙。」

「你有這身功夫，算不上弱者。」錟裂那龍頭沒什麼表情，淡淡說：「我以後可不想和你捉迷藏，記得別再闖來我族疆域。」

意思就是，再闖去不會把自己當成弱者放走了？沈洛年吐吐舌頭說：「其實我是分辨不了諸位的疆域界線，不是有意的。」

錟裂微微皺眉說：「麟犼在家，妖炁也一向不特別收斂，別說你認不出麟犼的妖炁？」

「除非刻意放出，我只能感應二、三十公里。」沈洛年苦笑說。

錟裂還是第一次見到這種「強者」，她一下似乎也不知該拿沈洛年怎辦，最後才搖了搖頭說：「算了，你這不強不弱的古怪人類，就當特例吧。」

「多謝。」沈洛年可眞是鬆了一口氣。

燄裂搖搖頭，看了看沈洛年腳下又說：「這是同一隻影妖？」

「是。」沈洛年點頭。

「那狗頭沒見識，影妖沒這麼容易死，不過復原這麼快卻很稀奇。」燄裂頓了頓說：「你除非總是逃命，不能只靠這影妖。」

「我也是剛剛才知道不能這樣用……」其實當時敖旅就說過一次，不過沈洛年只以為不能拿來矇眼，倒沒想到會被人用大範圍妖炁炸掉。

「你明明沒有炁息，為什麼不怕壺谷族長的妖炁攻擊？」燄裂看著沈洛年問。

「這……」對方剛幫了不少忙，沈洛年不好意思給硬釘子碰，只好說：「這和我的修煉方式有關。」

「不說也無妨，只不過你本身無炁息，這影妖妖炁就特別引人注意。」燄裂說：「若是我，也會先想辦法炸掉牠看看，除非遇到愚笨的妖獸，否則你不能隨便接近敵人。」

還以為知道怎麼使用凱布利之後，天下大可去得，沒想到遇到強大妖怪還是只能逃命。沈洛年苦笑說：「我知道了。」

「你今日在那山谷中沒看到殭屍？」燄裂又說。

「沒有。」從這群妖怪跑來時，沈洛年就已備妥謊言，他當即說：「我只殺了一隻狼人，就發現其他狼人都往外奔。」

「既是如此，其他事就讓潮兒交代。」焱裂飄身而起，往外飛掠，一面說：「我去處理殭屍的事。」

見焱裂飛遠，焱丹這才敢開口說：「媽，殭屍是什麼？爲什麼剛剛要讓那些人去我們家？」

「出現殭屍和平常狀況不同。」焱潮說：「奶奶說這是祖先傳下的規矩，只要聽到殭屍、旱魃、屍靈，所有妖怪都要放下恩怨，全力合作撲殺，這附近就是我們這三族，所以犬族邀了幽頞族來通知我們。」

「喔？」焱丹委屈地說：「我回去妳們就突然要我帶路，嚇我一跳。」

「狼人提到妳和人類氣味還有殭屍一起出現，我們雖然知道妳沒事，但又無法證明洛年與殭屍無關，所以故意先不找妳，免得牽扯到洛年。」焱潮微微揚首，拱了拱抱著自己長頸的焱丹說：「倒沒想到妳今天特別乖，自己跑了回來，我們逼不得已，只好讓妳帶路。」

「是洛年叫我回去的。」焱丹笑說。

焱潮轉頭望著沈洛年說：「本想讓犬族今天放過你們，沒想到居然有犬族死在你手中，這可拗不過去……還好你果然不只是普通人，沒出事。」

「多謝了。」沈洛年頓了頓說：「殭屍這麼可怕嗎？要所有妖族合力捕捉？」

惔潮想了想說：「我媽說，那就好像一種強大的傳染病，不快點除滅，後果不堪設想。」

「爲什麼？」惔丹抱著惔潮脖子問：「殭屍也沒有很厲害啊，偷殺了一些人後，還不是逃了？」

「那是因爲才剛開始。」惔潮說：「很久很久以前，妖族還沒建立這種共識，出現屍靈後沒有提早滅除，最後就是妖族幾乎全滅，各族只剩下少數有能力自保的上仙、天仙遠遠避開，最後全世界到處都是殭屍、旱魃和骨靈，水氣被逼到天空，赤地千里、雨水不落，除海中仍有生機外，陸地上大地乾裂，生物滅絕，直到他們因無人可以吸食而慢慢死盡，世界才漸漸恢復正常，重新孕育生命……幾次之後，重新繁衍的妖族，就一代傳一代地告訴後代，只要出了屍靈，所有事情、恩怨都要先放下，先除了這禍害再說。」

原來在妖怪眼中，自己是「禍害」？當初后土並沒說這麼清楚，沈洛年還是第一次知道屍靈之王會對這世界造成這麼嚴重的傷害，難怪后土這麼想阻止……沒有家族的懷眞，該是不大清楚，才會叫自己嘗試闇靈之力。

惔潮又對惔丹說：「後來各種屍靈，每隔一段時間還是會出現，但大家都提高了警覺，很快就將之撲殺，所以已經很久沒有發生過那種讓生物滅絕的大事了。」

「那我們也快去找殭屍殺掉！」燄丹睜大眼說：「那種壞怪物可以主動出手吧？」

「可以。」燄潮點點頭，又搖頭說：「但是妳別湊熱鬧，太危險了，犬族連一般戰士都往東方退了，只留下少數高手。」

燄丹嘟起嘴，又不敢抱怨。

「洛年。」燄潮轉過頭說：「犬族並沒輸，未必會守十日之諾，最好還是快點離開。」

「好。」沈洛年點頭說：「我馬上帶他們走。」

「你們應該是打算去西方海上的大島吧？」燄潮問。

「是，我們稱作噩盡島。」沈洛年說：「我等會兒帶他們沿江下放出海，雖然用凱布利渡海有點困難，但應該勉強可以辦到。」

「我剛聽丹兒說了，你的影妖可以放大將他們托起？」燄潮說。

「可以。」沈洛年說：「但這樣就飛不動了。」

「我和丹兒幫你推過去。」燄潮說：「才幾百公里，一下子就到了。」

「呃？」沈洛年一呆，有點不好意思。

「我就是爲此留下的。」燄潮點頭說：「走吧。」

□

一個多小時後，順利到了噩盡島最東角的陸地，這兒雖然也有新浮起的地面，但最東角這一小塊比南北兩環小了不少，平坦的地方只有數百公尺寬，再過去就是宇定高原的高聳山崖。

麟犽族話本就不多，眼看到了陸地，錟潮只和沈洛年打個招呼，就帶著錟丹離開，而這兒雖然離歲安城其實還有一大段路，沈洛年倒也不好多說，反正就算慢慢走，也是一日左右就能走到，不用多麻煩麟犽。

沈洛年此時有點疲累，正坐在海邊休息，剛剛那一仗，高檔的時間能力雖然只用了短短一剎那，也已經耗去了不少精智力，何況今日驚險場面特別多，除那階段之外，其他時間也很耗費精神。

識趣的文森特，不讓眾人打擾沈洛年，安排了眾人輪值和休息，反正已經入夜，本就是睡覺時間。

所以沈洛年恢復精神站起的時候，那兒只有中年人沃克醒著，正一個人無聊地在海邊走來走去，他看到沈洛年轉頭望過來，頗高興地揮了揮手打招呼。

沈洛年點點頭走過去，一面望著有點瘦的沃克，心中一面思索，這幾個年紀稍長的魔法師似乎都有點消瘦憔悴，那年輕女子基蒂和杜勒斯雖然現在還好，卻不知道是不是也會越來越消瘦，慢慢都變成這副模樣？鍛鍊魔法似乎眞的挺傷身，和能變強壯的變體比起來，實在頗不划算。

「沈先生。」沃克行禮之後說：「我們剛剛發現，到了噩盡島，魔法效應似乎降低了。」

「對。」沈洛年說：「這也就是道息最少的地方，妖怪不喜歡住這兒，到人類居住的地方，道息會更少。」

「難怪大家都搬了過來。」沃克慶幸地說：「那應該安全不少吧？」

「其實還是有妖怪，比較弱就是了。」沈洛年說：「明早沿著這海岸往北，繞到高原東北處，人類的城市建在那兒，大概要走一天的時間。」

「眞是太好了。」沃克露出笑容說。

沈洛年想起剛剛的疑惑，開口說：「魔法會讓人……特別憔悴嗎？」

沃克微微一愣，隨即有點尷尬地苦笑說：「專心一志鑽研著某樣東西，難免傷神……本來還好，但這幾個月間大量耗用魔力，實在有點心力交瘁。」

「要訓練魔力，不就只有這辦法嗎？」沈洛年說。

沃克有點意外地看了沈洛年一眼，這才點頭說：「雖然這麼說沒錯，但能這麼訓練的，通常都是年輕人，一定年紀以後還這麼做，很傷神。」

沈洛年點頭說：「所以才這麼早就收杜勒斯當魔法師？」

「嗯，其實不該稱爲『魔法師』，我們只是一群研究、使用魔法的人。」沃克頓了頓說：「基本上，魔法越早開始訓練越好，年輕人精力充沛，增加魔力容易；年紀大了以後就不能這樣，多半靠著冥思和精靈溝通，增加彼此的了解，可以增加魔法靈活度，對增加魔力效應也有一點效果。」

沈洛年半懂不懂，但也不深究，只隨口說：「那……爲什麼要從學語言開始？」

「魔法咒語，本來就是一種能和精靈溝通的古老語言啊，只是大部分都已經失傳了。」沃克說：「除了魔力的培養之外，學魔法的過程，就是對這古老語言的研究……所以學魔法之前，都從學習各種人間語言開始，對以後研究咒語會有幫助。」

「既然有語言溝通，爲什麼又要冥思？語言如果失傳了，又怎麼溝通？」沈洛年越聽越迷糊。

「這樣解釋吧。」沃克想了想說：「魔法的原理，就是將我們的魔力轉化爲實質的各種力量，而這轉化的動作是精靈的工作，所以我們必須找出和他們溝通的辦法。」

「嗯。」沈洛年這部分聽得懂。

「語言當然是溝通的一種方式，但問題是語言幾乎已經失傳，只留下簡單的字句和片語可以推敲，傳遞的過程就會受限。」沃克說：「這時候就要靠冥思了，冥思可以和精靈精神相通，彼此互相了解，當精靈十分了解我們的時候，不但可以簡化咒語，還能讓精靈了解到複雜的事情，也可以更有效地運用魔力，這部分瓊就非常棒，同樣一個保護咒語，在不同場合下，會發揮出完全不同的功能，彷彿精靈和她已合爲一體，若不是花了數十年的時間冥思，很難辦到。」

所以瓊保護小孩子時的魔法才這麼輕巧？沈洛年點頭說：「我看過瓊施法，很棒，該怎麼說？很像……活著的力量。」

沃克點頭說：「到瓊那種程度，就算咒語有些不標準，精靈也一樣可以理解，能使用的魔法就會變多。」

「這麼聽起來，不學語言似乎也可以學魔法啊？」沈洛年說：「死背幾條咒語不就可以用了？大家都可以學嗎？」

「能學魔法的人，通常都是……」說到這兒，沃克突然一頓，換了個說法：「要使用魔法，有個門檻，能通過這門檻的人，通常也都會願意學習語言。」

「什麼門檻？」沈洛年問。

「魔力。」沃克說：「需要足以和精靈立下契約的魔力，小時候就有足夠魔力締約的人，最適合學習魔法，可惜這種人並不好找。」

如果魔力就是精智力，天生這種東西特別多的人，腦袋恐怕也動得特別快……八成就是所謂的天才神童吧？那小鬼杜勒斯，確實有點早熟得過分，果然有幾分天才味，既然是天才，學些語言自然是小事，難怪這些老外中文說得這麼溜。

沈洛年想了想又說：「如果有人……長大了以後魔力才夠，能不能教他魔法？」

「這……也不能說不行，只是未來恐怕沒什麼發展。」沃克沉吟說：「以前我們把魔法當成祕密，不隨便傳授，都找最適合學習的人加入，所以沒考慮過這問題。」

沈洛年考慮了幾秒之後，抓抓頭說：「我會問這些，就是我想學啦，不知道行不行？」

沃克微微一愣說：「沈先生？學習魔法需要非常多時間……」

「我只學幾個簡單好用的就好了。」沈洛年搖頭說：「語言我肯定學不會，把幾個咒語死背起來就好。」

「這……」沃克遲疑了一下才說：「沈先生，說眞的，要和精靈建立契約需要的魔力眞的不少，不是隨便誰都可以的……通常都是……通常都是……」

「通常都是天才，對吧？」沈洛年有點尷尬地說：「我當然不是天才，但……其實我魔力可能不少。」

沃克自然不相信，一時表情不免有點怪異，但沈洛年是眾人的大恩人，倒也不好直接拒絕。他想了想才說：「但是大了才學很難……沈先生，等到早上我和文森特商量一下如何？」

「好吧。」沈洛年當然看得出沃克不信，不過總不好勉強別人，剛剛那樣問，已經大違他的個性，當下不再多說，轉頭走開。

卻是沈洛年今日才發現，使用闇靈之力似乎不是一件小事，現在不知道東方大陸聚集了多少妖怪在搜索殭屍，萬一被人發現是自己幹的，還得拖懷眞一起死，以後若非生死交關，還是少用爲妙……但凱布利應付不了強敵，若不學點東西護身，可有點不妥，今天看到文森特使用魔法時，似乎可以快速移動，那咒語若是不難，只要死背起來，就可以取代凱布利的功能。

不過要說服別人自己魔力不少，可實在說不出口，左看右看怎麼看自己都不像天才，他們不信確是理所當然，倒也怪不得人家。

沈洛年找了個擋風的岩後坐下，還不知道該不該睡倒，沃克卻又找了過來，他走到沈洛年面前，有點不好意思地說：「沈先生，我想解釋一下。」

「怎麼？」沈洛年靠著岩石說。

「學魔法的，不一定是天才。」沃克頓了頓說：「但通常都找所謂的神童。」

「神童不就是天才嗎？」沈洛年說。

「神童，通常只是開竅比較早的孩子。」沃克說：「思考、邏輯、理解力和判斷力比別人早整合，就是一般人所說的神童了……但長大了不一定還是天才啊！杜勒斯還小，未來如何還看不出來，其他人中，只有文森特比較特殊，他除魔法之外，懂的東西非常多，判斷事情也非常快。」

原來如此？沈洛年想了想說：「應該還是比一般人聰明吧。」

「當然也有人一輩子就是沒有理解力和邏輯觀，那是另外一回事。」沃克說：「開竅比較早的孩子，若是給予適當的教育，在這記憶力特別強的歲數，學習速度會是一般人的好幾倍，但能掌握的也就那幾年而已，之後的造就，還是要看每個人的天資和努力。選擇魔法，其實也就等於斬斷了其他的可能性，未必是那孩子的最好選擇……所以我們選擇人才的時候，都做很多考量。」

「我知道。」也不知道是不是因爲鍛鍊了精智力，沈洛年雖然沒法變得有耐心，但思路確實比過去快了一些，他點頭說：「你們選擇聰明的孩子，是爲了提早讓他和精靈締約，然後趁早讓他們學語言、咒語，和趁年輕鍛鍊魔力……畢竟小時候學語言最快吧？」

「正是。」沃克說：「不過沈先生剛剛提到，讓成年人締約的事情……倒也不是不能考慮，只不過一來咒語難學；二來學了魔法後，往往忍不住會想提高自己的魔力，以便使用高階魔法，這麼一來很容易傷身減壽，若不是從小訓練，實在危險。」

「要是變體或引仙的話，就沒這麼多顧忌了。」沈洛年沉吟著說。

「如果可以配合起來，當然是好事，沈先生身為變體者，想試試也無傷大雅，文森特應該也會同意……」沃克頓了頓又說：「但是，說實在話，魔力夠的人眞的很少，沈先生最好別抱太大的期待。」

「我知道。」沈洛年點點頭說：「我也只是問問。」

等沃克退去，沈洛年不禁暗暗好笑，他大概是怕萬一自己魔力不夠，到時候感覺難堪吧？所以才跑來勸慰，這人剛見面的時候感覺有點囉唆，沒想到倒是挺善良的。

沈洛年想了想，低聲說：「輕疾。」

「是？」輕疾應聲。

「你不是說妖怪都會學虯龍語嗎？精靈也算是一種妖怪吧？怎麼用的是另外一種語言？」沈洛年問。

「因爲精靈是仙界很特殊古老的強大存在，不和其他妖族交際，彼此之間也很少溝通。」

輕疾說：「應龍族花了很多時間，才找出百多個精靈語的單詞，不過傳到現在，剩下的也不多了。」

「你覺得我的魔力夠和精靈締約嗎？」沈洛年問。

「我不清楚。」輕疾說：「不過這該不是大問題。」

「這不是門檻嗎？怎麼說不是大問題？」沈洛年有點意外。

「你的精智力經過這段時間的特殊鍛鍊，理論上該比一般人豐沛非常多，沒道理不夠。」輕疾說：「但是你恐怕一句咒語都學不會，這才是問題。」

「有這麼難嗎？」沈洛年詫異地說：「不就是照唸而已？」

「很難。」輕疾說：「你的耳舌只習慣中文，很多音耳朵無法分辨，嘴巴也唸不標準，恐怕連起始咒都唸不出來，這也是他們從小就得學習多種語言和魔法咒語的原因……成長以後才學語言，想說得流利不難，要完全沒有腔調很不容易；魔法咒語不能像對話一樣靠前言後語猜測，這方面的溝通，一般來說是靠著冥思補強。」

「你唸一句我聽看看？」沈洛年說。

「咒語是非法問題。」輕疾說：「但他們應該願意告訴你簡單的。」

「那不問這個……冥思又是怎樣？」沈洛年問：「能不能靠著時間加速能力增加效果？像

我平常鍛鍊精智力那樣？」

「時間能力沒有用。」輕疾說：「冥思是無思無慮之下，慢慢讓心靈平靜凝止，神識才能緩緩與契約精靈融合呼應……你平常都是胡思亂想，從沒有定下來過，就算你以後定得下來，想有這種效果，最少要數十年工夫。」

無思無慮？心靈平靜？數十年工夫？自己哪來這種耐性？難怪當初輕疾會說自己學不了，也難怪剛剛沃克老說大人咒語難學。沈洛年搖搖頭躺下說：「媽的，不學了……可惜闇靈之力不能用，否則我今天倒是發現一件新鮮事，對了，剛好問問你知不知道怎麼回事。」

「何事？」輕疾問。

「我今天斂回道息，左手通入闇靈之力，發現手雖然馬上變沉，但是似乎沒有正常狀態重。」沈洛年揮了揮手說：「後來我試了試，發現就算道息收起，一樣可以控制變輕，只不過沒法輕到飄起來那種程度。」

輕疾停了片刻才說：「金犀匕會嗎？」

「不會。」沈洛年搖頭說：「那個不灌入道息就一樣重。」

「這麼說來的話……」輕疾說：「該是隨著鳳凰換靈仙化的程度提高，你身體相應產生變化；但鳳凰的能力我並不了解，沒法給你解釋。」

「哦？」沈洛年看著自己手臂說：「我鍛鍊精智力的時候，常常讓道息在全身流轉體會，可能身體漸漸產生變化吧？」

「也許。」輕疾說。

「不過如果闇靈之力不能用，這能力也沒什麼幫助，道息沒事也不用特別收斂……」沈洛年想來想去，還是只有時間能力比較可靠。他嘆口氣閉上眼睛說：「算了，練功。」

□

清晨，沈洛年迷迷糊糊聽著海岸邊人們起床、談話、走動的聲音，逐漸清醒，想起今天還得帶著這群人往歲安城走，他搖搖頭爬起，對眾人走去。

見沈洛年接近，眾人紛紛打招呼，除了月影團的五人之外，其他人不會說中文，大多只靦腆地微微點頭，便避了開去。

沈洛年看到沃克也在一旁，有點意外地說：「昨晚不是值夜嗎？還沒睡？」

「我們一、兩晚不睡沒什麼，何況昨天白天也睡飽了。」沃克微笑說：「今天不是要往人類的城市移動嗎？到了之後再休息就好。」

精智力強大的人，確實比較能熬夜，沈洛年也常得開啓一陣子時間能力，才因疲累入眠……因爲這個習慣，他也養成了快速休息的能力，加上鳳靈加持的生命力格外強大，他通常都只睡兩、三個小時就能補足精神，若一夜無事，往往會鍛鍊數次精智力。

沈洛年正點頭，文森特思忖了一下說：「沈先生，我們在半公里外找到一條小瀑布，水的問題是解決了，但這兒似乎沒什麼獸類可以獵捕……？」

「啊？」沈洛年皺眉說：「噩盡島上本來沒生物，所以幾乎都沒什麼野生生物，我去捉幾條魚吧……對了，那東西也可以吃。」沈洛年指著數百公尺外，斷崖中段的妖藤說。

「那是什麼？」基蒂睜大眼說。

「沒正式名稱，只叫它妖藤。」沈洛年說：「這東西很不錯，剛來的時候，蓋屋、織衣、食用都是靠它，我截一段下來大家試試吧，不難吃。」

「由我們來吧。」文森特轉頭說：「杜勒斯，風之矢，截一段下來。」

「是。」杜勒斯閉眼片刻，吸一口氣，指著山上的妖藤緩緩說：「美納姿．杜勒斯，恩所茲．佩索，提爾．烏魯茲．戴格。」跟著手往妖藤又揮了一下。

他說完之後，卻是什麼也沒發生。杜勒斯臉紅了起來，又開口重唸一次，但這次依然沒有任何效果。

杜勒斯有點慌張，正要唸第三次，沃克搖頭說：「提爾！不是提爾！舌頭往後捲太多，幾天沒時間讓你練習，又忘了。」

沈洛年在旁聽著直翻白眼，這兩個「提爾」自己可聽不出半點差別。輕疾說得果然沒錯，自己不是那個料。

杜勒斯紅著臉說：「對不起。」口中喃喃唸了幾次正確的「提爾」，這才重新唸了一次咒語，這一瞬間，一道發出白光的炁息在妖藤旁爆出，轟地射斷半截妖藤，卻沒完全斷落。

「在這地方魔法效應降低了，強度再多加一級可能比較好。」基蒂拍了拍杜勒斯的肩膀，鼓勵地微笑說。

「是。」杜勒斯又把剛剛的咒語唸了一次，最後的「戴格」改成「肯納茲．戴格」，這一次，白光炁息量大幅提升，果然一下轟掉了另一端的妖藤，那截兩公尺長的粗大妖藤，在空中晃了晃，跟著一裂，轟隆隆地往下滾。

「緩之術穩住。」文森特又說。

「緩之術？」杜勒斯遲疑了一下，眼看妖藤越來越近，他才張嘴說：「美納姿．杜勒斯，恩所茲．佩索，哈……哈……哈格爾，呃……美納姿．杜勒斯……」

「重唸來不及了。」文森特微微搖頭，開口迅速地唸了一串聽都聽不清的咒語，他連手都不用揮，一片柔和藍光在妖藤下泛出，妖藤速度立即慢下，緩緩滾落地面。

「這該怎麼吃？沈先生。」基蒂帶著微笑，轉頭問沈洛年。

「把外面硬的部分削去就可以。」沈洛年說：「裡面的可以煮食也可以生吃。」

「削木啊……」基蒂微微皺眉，似乎有點爲難。

「這動作細了點，一會兒我來吧。」沃克說：「杜勒斯，先把妖藤搬過去……用哪種咒語知道嗎？」

「知道，飄行術。」杜勒斯說。

「對。」沃克微笑說：「這植物很重，以二級效果搬運。」

「是。」杜勒斯睜大眼睛，似乎準備面對什麼大挑戰一般，凝視著那大段妖藤，口中正喃喃唸著，也不知道是不是先作預習。

沈洛年正看得有趣，文森特卻走近說：「只是順便訓練訓練孩子，很無聊，沈先生，我們來這兒談談好嗎？」

沈洛年本想表示一點都不無聊，但突然想到，也許對方不想讓自己看，他也不多說什麼，隨著文森特往海邊走。

走出了一段距離，文森特停下腳步，轉回頭微笑說：「沃克告訴我，沈先生想學魔法？」

咦？沈洛年跟著停步，一抬頭不禁一呆，卻見這海邊的沙地上，已畫妥了個數公尺寬的龐大圓陣，上面寫滿了數百個由線條組成的古怪圖形，只有中間空著個可供一人站立的圓形空地。

這是幹嘛？沈洛年詫異地說：「文森特？」

「這是締約用的魔法陣，沈先生請站到魔法陣中間，盡量注意別踩到圖文。」文森特說。

媽的，自己就算締約了也沒用啊！輕疾說的有道理，到了這把年紀才學，絕對學不會那些古怪拗口的咒語……怪了，沃克不清楚還有可能，這老頭看來睿智精明，不可能不知道就算自己能締約，也學不會魔法，那幹嘛花這麼大工夫畫這魔法陣？這枯瘦老頭打什麼主意？

《噩盡島11》 完

怎麼了?
馬尾……

下集預告

噩盡島 12　8月　轟動登場！

在滅族與臣服之間，人類的選擇是……

最強妖族降臨！
保護人類的條件是？

莫仁最新異想長篇
即刻翻轉你所認識的世界！

國家圖書館出版品預行編目資料

噩盡島 / 莫仁 著.——初版.——台北市：
蓋亞文化，2010.07-
冊；公分.

ISBN 978-986-6473-87-6（第11冊：平裝）

857.7　　98015891

悅讀館 RE221

噩盡島 11

作者／莫仁
插畫／YinYin
封面設計／克里斯
出版社／蓋亞文化有限公司
地址◎台北市103赤峰街41巷7號1樓
電話◎（02）25585438　傳眞◎（02）25585439
臉書◎www.facebook.com/Gaeabooks
部落格◎gaeabooks.pixnet.net/blog
電子信箱◎gaea@gaeabooks.com.tw
投稿信箱◎editor@gaeabooks.com.tw
郵撥帳號◎19769541　戶名：蓋亞文化有限公司
法律顧問／義正國際法律事務所
總經銷／聯合發行股份有限公司
地址◎新北市新店區寶橋路235巷6弄6號2樓
電話◎（02）29178022　傳眞◎（02）29156275
港澳地區／一代匯集
地址◎九龍旺角塘尾道64號龍駒企業大廈10樓B&D室
電話◎（852）27838102　傳眞◎（852）23960050
初版六刷／2015年7月
定價／新台幣 220 元
Printed in Taiwan

GAEA ISBN／978-986-6473-87-6

GAEA

GAEA